文春文庫

俠《おとこ》飯《めし》 7

激ウマ張り込み篇

福澤徹三

文藝春秋

もくじ

侠飯⑦

激ウマ張り込み篇

プロローグ——張り込みに失敗した新米刑事《デカ》の末路

四月上旬の夜だった。

新型コロナウイルスの感染拡大による緊急事態宣言が発出されたせいで、午前一時の西麻布はネオンが消えて人通りはまばらだ。ときおり空車のタクシーが通るだけで道路も空《す》いている。西氷潤《にしこおりじゅん》はパーカーのフードを目深にかぶり口元にマスクをして、前を歩いていく。

乾正悟《いぬいしょうご》は視線を西氷の足元にむけ、十メートルほどあとをつけていた。視線を足元にむけるのは尾行の原則で、相手が振りかえったときに目をあわさないためだ。尾行は発覚したら、そこで中止になる。

西氷は正悟と同い年の二十七歳で、ミュージシャンや俳優として活躍している。色白の甘いマスクと不良がかった雰囲気で女性に絶大な人気があるが、以前から薬物使用の噂が絶えない。

西氷の所属事務所のヤミープロダクションも暴力団との関係が囁かれており、警視庁組織犯罪対策第五課――組対《ソタイ》五課は内偵を続けてきた。

西氷もそれを警戒したようで、しばらく不審な動きは見せなかった。ところが長びくコロナ禍の影響で仕事が激減し、ドラマの収録や開催予定のライブが中止になった。西氷はそうしたストレスのせいか、ふたたび薬物に手をだしたらしい。

その情報を得た警視庁組対五課は、正悟が勤務する六本木警察署組織犯罪対策課との合同捜査で、先週から西氷が住む高級マンションを張り込んでいる。

西氷の行動を監視するだけでなく管理会社の協力を得てゴミ袋の中身を調べ、割箸やティッシュペーパーなどから薬物反応がないか調べたが、まだ逮捕につながる証拠は見つからない。

どこかで捜査情報が漏れたのか、一部の週刊誌は西氷の逮捕は秒読みかとイニシャルで報じ、ネットの掲示板でも話題になった。そのせいでマスコミ各社は裏をとろうと警視庁や六本木署に詰めかけてきた。

警視庁組織犯罪対策部部長の竹炭耕造《たけずみこうぞう》は、わざわざ六本木署の捜査会議に出席して捜査員たちに檄《げき》を飛ばした。

「西氷はまた警戒してクスリをやめるかもしれん。その前に必ずひっぱるんだ」

竹炭は警察官の階級では上から三番目の警視長で、地方なら県警本部長にあたる。そんな大物がじきじきに檄を飛ばすくらいだから、六本木署は捜査に全力をあげている。

正悟が六本木警察署の組織犯罪対策課に配転されたのは、去年の秋だった。

交番勤務や留置担当官を経てようやく念願の刑事になれたとあって、はじめは天にものぼる心地だった。ほんとうは花形部署の捜査一課がよかったが、贅沢はいえない。いまから実績をあげていけば、捜査一課に移れるかもしれない。

もっとも刑事の仕事は、想像以上の激務だった。

捜査が多忙なのはもちろん書類仕事も山ほどある。三交替もしくは四交替の交番勤務員とちがい、刑事は日勤だから午前八時半から午後五時十五分までの勤務だが、まず定時に帰れることはない。日曜祝日でも重大事件が発生すれば非常招集がかかるし、六日に一度は当直勤務がある。

正悟が住んでいるのは、単身待機宿舎と呼ばれる独身者用の寮だ。官舎だけに家賃の負担がすくないのは助かるが、六本木署のそばだけに、しょっちゅう呼びだされる。

今夜も十時すぎに帰宅してまもなく、直属の上司である炊田《すいた》圭介《けいすけ》から電話があった。炊田は四十二歳の係長で階級は警部補だ。いかにもマルボウの刑事らしく髪を五分刈りにして、いつでも眉間に皺を寄せている。厚ぼったく扁平《へんぺい》な顔とぱんぱんに張った肩はゴリラを思わせ、暴力団も顔負けの迫力がある。

「今夜、西氷がプグレットに顔をだすという情報が入った。西氷はいま自宅にいるが、外出したら行動確認《コウカク》しろ」

プグレットは西麻布のクラブで、西氷は常連客だ。芸能人やモデルが多い有名店だが、半グレや薬物の売人も出入りするだけに六本木署は何度か立ち入り調査をおこなった。西氷が顔をだすとしても、いまは営業時間短縮要請で、八時までしか営業できないはずだ。炊田にそれを訊くと、

「闇営業だ。風営法違反容疑でガサ入れしてもいいが、今回の捜査対象者《マルタイ》は西氷だ。おれたちおっさんがクラブにいたら怪しまれるから、おまえが店に入れ」

プグレットは闇営業だけにドアを施錠し、監視カメラで客を確認してから入店

させる。店に入れるか不安だったが、客をチェックする黒服は捜査協力者《エス》で話はついているという。

「西氷が誰と接触するか、しっかり確認しろ。くれぐれも慎重にやれ」

西氷はフェラーリやランボルギーニが路駐している通りを渡り、プグレットに入った。正悟はジャケットの袖口に仕込んだマイクを口に寄せて、

「本部どうぞ。捜査対象者《マルタイ》は店に入りました」

「了解。追尾《マルツイ》を継続」

透明のカールコード型イヤホンから炊田の声がした。イヤホンのケーブルは腰に装着した無線機につながっている。炊田は近くに停めた覆面パトカーのなかにいて、捜査員たちに無線で指示をだす。

クラブにいくのは大学生のとき以来だ。緊張しつつプグレットの前に立つと、すこししてドアが開き、二十代後半くらいの黒服が会釈した。捜査協力者《エス》のせいか表情がぎこちない。

捜査費から渡されたエントランス料を払い、ヒップホップが流れる店内に入った。紫の照明がきらめくメインフロアは二十代の男女で埋めつくされ、緊急事態宣言のさなかとは思えない。捜査中に酒は呑《の》めないから、カウンターでジンジャ

ーエールを注文して店内を見わたした。

西氷はパーカーのフードもマスクもはずし、ＶＩＰ席のソファで女たちに囲まれている。派手なメイクと服装の女たちは、みなうっとりした表情で西氷を見つめている。あんな顔とスタイルに生まれたら、こんな苦労もしないですんだと思うと妬《ねた》ましい。

ふとカウンターの端で黒いスーツを着た男がふたり、こっちを見ているのに気づいた。薬物の売人にしては貫禄があるから暴力団かもしれない。ふたりに警戒されないよう顔をそむけて、西氷の監視を続けた。

十分ほどすぎた頃、ニットキャップにサングラスのラッパー風の男がＶＩＰ席のそばに立った。男は西氷に目配せして店の奥へむかった。

「不審な男が捜査対象者《マルタイ》に接触。人着《にんちゃく》はニットキャップ、サングラス、黒いベースボールシャツにトラックパンツ。年齢は二十代なかばから三十代──」

正悟はジャケットの袖口のマイクにささやいた。

まもなくイヤホンに応答があったが、音楽がうるさくて炊田の声がよく聞こえない。場所を変えようと思ったら、西氷が立ちあがって店の奥へ歩きだした。

店の奥に目を凝らすと、そこにはトイレがある。さっきの男が売人だとしたら、西氷はトイレで薬物を買うにちがいない。

急いでトイレにむかっていると、VIP席にいた女たちが前に立ちふさがった。茶髪を高く盛った厚化粧の女がシャンパンをラッパ呑みしながら、

「ちょっとあんた、さっきから潤くんのことばっか見てたけど、何者なの」

尖った声で訊いた。

あらわな胸元に目を奪われつつ言葉に詰まっていたら、べつの女が眉をひそめて、こいつヤラカシかも、といった。

「ちげーよ。顔見たことないもん」

「あ、こいつ耳になんかつけてる」

「ほんとだ。イヤホンじゃん」

と厚化粧の女がいった。あわてて手で耳を覆ったが、もう遅かった。

「てめー、もしかしたら刑事《デカ》じゃね？」

「ち、ちがうよ。音楽聞いてただけ」

われながら下手ないいわけをした。クラブの騒音のなかで音楽を聞く奴はいない。厚化粧の女はこっちに詰め寄ってきて、

「じゃあイヤホン貸してみろよ」

「いや、それは——」

こいつやっぱ刑事《デカ》だよ。もうひとりの女が大声でいった。

とたんに厚化粧の女がボトルを高くかざして、シャンパンを頭からどばどば浴びせてきた。なにすんだよッ。ずぶ濡れの顔で怒鳴ったが、女は目を吊りあげて、

「ざけんなよッ。潤くんのこと嗅ぎまわりやがって」

「ねー、みんな。ここに刑事《デカ》がいるよッ」

女たちはスマホを手にして、カメラをこっちにむけた。とっさに両手で顔を隠したが、男たちまで集まってきた。身分を暴かれるのだけは避けたい。

正悟は身をひるがえすと、出口めがけて転がるように走った。

六本木署の組織犯罪対策課——組対課は刑事課や生活安全課とおなじフロアで二階にある。どの課も昼間は捜査員たちが出払って、ひと気がない。

窓のブラインド越しに陽光が射しこみ、警察無線の音声が響く。八月の下旬に入ったが、例年のように猛暑は続き、秋の気配は感じられない。

組対課のいちばん奥のデスクで、課長の羊谷幸徳《ひつじたにゆきのり》が新聞を読んでいる。

羊谷は四十六歳の警部で、暴力団捜査のベテランだ。そのわりに強面《こわもて》ではなく、

髪は七三で縁なしのメガネをかけ、いつも品のいいスーツを着こなしている。

正悟はデスクでノートパソコンのキーボードを叩きながら、深々と溜息をついた。上司や先輩たちに押しつけられた書類仕事はどれだけやっても終わらない。早く片づけないと叱られるが、片づいたところで新たな雑用が待っている。

外は炎天下だけに冷房の効いた室内で働けるのは楽だが、捜査に加われないのは刑事として屈辱だ。いや、捜査からはずされた時点で、もはや刑事とはいえない。恐らく十月の人事異動でどこかへ飛ばされるだろう。警察官は地方公務員だから採用された都道府県外への異動はないが、都内の異動であっても過酷な部署か閑職《かんしょく》に追いやられる。

そんな状況に追いこまれたのは、いうまでもなく張り込みの失敗が原因だ。

あの夜、プグレットのVIP席で西氷潤を囲んでいた女たちは「オリキ」と呼ばれる熱狂的なファンだった。ヤラカシとはマナーの悪いファンのことらしいが、そう思われていればよかった。正体がばれるのを恐れて逃げだしたせいで、西氷の内偵は台なしになった。

女たちはスマホで撮った正悟の写真をSNSにアップしたから、マスコミにも騒がれた。幸い顔は写ってなかったが、西氷は捜査を警戒してなりをひそめた。

長期にわたる捜査が空振りに終わっただけに、正悟はさんざん叱責された。

係長の炊田はゴリラのような顔を泣きだしそうにゆがめ、ごつい拳《こぶし》でデスクを何度も叩いた。

「六本木署の新米が捜査を潰しやがったって、本庁はかんかんだぞッ。あれだけ慎重にやれといったのに、どうして勝手なまねをしたんだッ」

「西氷が薬物を入手するのを現認できるかと思ったので――」

「その前に、おれに報告するのが筋だろうが。捜査協力者《エス》は刑事《デカ》を店に入れたのがばれたから、泡食って高飛びしたぞ」

「申しわけありません。でも無線が聞こえなかったんです」

「そんないいわけが通用するかッ。女どもに写真まで撮られやがって。おまえはうちの恥さらしだッ」

正悟は平謝りにあやまった。炊田はいちおう許してくれたが、組対課では浮いた存在になった。捜査に同行しても重要な役割はまかせてもらえず、やはり雑用係のあつかいだ。組対課に配転したときはやさしかった先輩たちも、みな態度がよそよそしくなった。

課内では自分がいちばん若く、先輩ばかりで同僚はいない。警察は典型的な縦社会だけに上下関係は絶対だ。本庁は会社でいえば本店で、所轄の六本木署は支店にあたる。

西氷の捜査には、警視庁組織犯罪対策部部長の竹炭耕造が力を入れていた。警視庁組織犯罪対策部を束ねる竹炭を怒らせたのだから、出世の見込みは完全に遠のいた。下手すれば定年まで、うだつがあがらない部署に追いやられる。

刑事になるためには地域課の交番勤務の頃から検挙実績をあげ、勤務評定を上げねばならない。公休や非番のときも本署に顔をだし、お茶汲みや掃除といった雑用をこなし、先輩たちに顔をおぼえてもらう。つまり自分を売りこむことが重要だ。

そこで適性が認められれば署長の推薦を受けて、刑事任用試験を受験できる。刑事任用試験は捜査書類の作成と面接があり、これに合格すると捜査専科講習を受講する。

警察学校で二か月間、勤務先とは異なる所轄署で一か月間、みっちり講習を受けて最終試験と面接に合格すると、ようやく刑事登用資格がもらえる。

しかし刑事登用資格があっても刑事になれるとは限らない。刑事登用資格の有効期限は三年で、そのあいだ本署に欠員がでなければ、一からやりなおしという狭き門だ。それをくぐり抜けて、せっかく刑事になれたのに、もうじき左遷とは情けない。

母とコンビニを営む父は、ひとり息子が刑事になったのを喜んでいた。

「おまえがまさか刑事になるとは思わなかったが、りっぱな仕事だ。おれも鼻が高いよ」

「すごいじゃない。ドラマの『相棒』みたい」

母は的はずれなことをいいながらも、やはり喜んでいた。それなのにもう刑事でなくなったら、ふたりにあわせる顔がない。が、もはや手遅れだ。

ノートパソコンの前でそんな感慨に浸っていたら、おい、と声がした。ぎょっとして顔をあげたら、羊谷が手招きした。急いで羊谷のデスクにいくと、

「乾、もう飯は食ったか」

「いえ、まだです」

羊谷は財布から千円札を二枚だしてデスクに置き、

「出前をとれ。おまえのぶんもな」

「いいんですか、課長」

「デスクワークばかりで疲れるだろ。好きなもの食って元気だせ」

「ありがとうございます。課長はなにがよろしいですか」

「そうだな。麺類はゲンが悪いから天丼にしよう」

「じゃあ茶柱《ちゃばしら》食堂ですね」

羊谷はうなずいた。刑事はなぜか縁起を担ぐ。うどんやラーメンなどの麺類は「長シャリ」と呼び、捜査本部が設置されているときは口にしない。麺類は伸びるから捜査が長びき縁起が悪いという迷信だが、警察官はいつ呼びだされるかわからないだけに、伸びてしまう麺類は敬遠する傾向にある。

正悟は茶柱食堂に電話して、自分も天丼を注文した。

巡査よりひとつ上の巡査長でしかない正悟からすると、羊谷はあおぎ見るような存在だ。にもかかわらず、やさしい言葉をかけてくれたのはうれしかった。いつかはあんな立場になりたいが、ノンキャリアの警察官の大半は警部補か巡査部長で定年を迎える。刑事でさえ勤まらなかった自分には、警部など夢のまた夢だ。

茶柱食堂が運んできた天丼を食べはじめたら、計ったように炊田から電話があった。あと五分で署にもどるという。

「いまからいう被疑者《マルヒ》の捜査資料を用意しとけ」

正悟はまた溜息をつくと、食べかけの天丼を置いたまま立ちあがった。

その日は六日に一度の宿直当番——当直勤務だった。

当直員は署内の警備や夜間来訪者の対応、各課の鍵や拳銃の管理などをおこなう。当直は通常の勤務を終えてから、翌朝の八時半までの二十四時間勤務だ。仮眠は交替でとるが、事件が起きれば眠るひまはない。なかでも刑事課や生活安全課や組対課、交通課はいつでも出動できるよう仮眠室は使わず、それぞれの課で待機する。

今夜の当直は炊田が一緒で、夕食はふたりとも出前のカツ丼だった。昔の映画やテレビドラマでは被疑者にカツ丼を食べさせるが、いまは利益を与えて自白を誘導したとされ、供述が無効になりかねない。もしカツ丼を食べさせるのなら、被疑者が自白して取り調べが終わったあとだ。

「揚げものは刑事《デカ》にとって縁起がいいんだ」

炊田は以前そういった。

わけを訊くと、またしても縁起担ぎで「ホシがあがる」からと答えた。おなじ理由で呑み会のときは星のマークのサッポロビールを呑む刑事が多い。迷宮入り

——いわゆる「お宮入り」を恐れて神社を避ける刑事もいる。なにかと縁起を担ぐのは事件を解決したいからでもあるが、それだけではない。何年も警察官を続けていると不可解な偶然に遭遇する。たとえば交番勤務の頃は「きょうはひまだ」という台詞《せりふ》は禁句だった。ふだん多忙な交番も、たまには静かなこともあるが、その台詞を口にしたら不思議なくらい事件が起きる。特に徹夜明けの交替前に事件が起きると最悪で、その処理が終わるまで帰れなくなる。

組対課にきてからも、当直の夜はそうした偶然がある。当直が一緒になると、雨男や晴れ男のように事件を呼び寄せる刑事がいて、それが炊田だ。本人にいえば怒るだろうから口にできないが、炊田と当直の夜は決まって事件が多く、まともに仮眠できたためしがない。

もっとも、もうすぐ刑事でなくなる身にはどうでもいい。冷めたカツ丼は半分ほど食べて、残りはこっそり捨てた。最近はストレスと夏バテのせいで食欲がない。

九時をまわって、炊田は折り畳み式の簡易ベッドで仮眠をとった。仮眠は前夜と後夜にわかれていて、前夜が午後九時から午前二時まで、後夜は午前二時から午前七時までだ。正悟は後夜だから、書類の整理や会議用の資料の作成を続けた。

今夜は炊田がいるわりに珍しく静かで、作業に集中できた。とはいえ組対課の取り扱い事案でないというだけで夜は一一〇番通報が多く、警視庁通信指令センターから次々に無線が入る。

二時になって炊田が起きてきた。炊田の寝起きはコーヒーと決まっているから、すぐインスタントコーヒーをいれた。味は濃い目で砂糖とミルクは少々、カップは厚めのマグカップと好みも把握している。

寝起きのゴリラ男は自分のデスクにつくと、分厚い唇でコーヒーを啜り、

「もういいぞ。いまのうちに寝ろ」

新米の正悟に簡易ベッドはなく、デスクにうつ伏せるか椅子をならべて寝るしかない。しかも上司がそばにいるから簡単には寝つけない。デスクの上で腕を組み、その上に頭を乗せて寝る態勢に入った。

すこししてようやくうとうとしはじめたとき、六本木西公園で若者たちが喧嘩《けんか》をしているという通報が入った。やはり事件男がいるだけに仮眠はできない。

現場に臨場すると、つかみあい程度の喧嘩だったから、双方をなだめて仲裁し

た。そのあとも取り扱い事案の一一〇番通報で、二回出動した。二回ともいちばん時間をとられる身柄事件——被疑者の逮捕勾留が必要な事件ではなかったが、一睡もできぬまま八時になった。

当直中の事件の報告書をノートパソコンでまとめながら、画面の隅の時刻にちらちら目をむける。八時十分、八時二十分、なにも起きない。時間が経つのが異様に遅く感じられる。このまま八時半になってくれ、と祈るような気持だった。

ところが八時二十九分、無線機からビービーと重要情報の警告音が響いた。

「本部から各局。六本木署管内、六本木六丁目、芋洗坂付近のコンビニにて暴力団《マルビー》風の男が暴れているとの通報。関係各局にあっては現場に至急——」

炊田が大きく舌打ちをした。芋洗坂はすぐ近くだ。うんざりしつつ六本木署をでると、外はもうかんかん照りで、むっとした熱気に汗がにじんだ。

現場では交番から駆けつけた制服の警察官がふたり、コンビニの前の歩道で男と押し問答をしていた。男は二十代なかばくらいでタンクトップにハーフパンツという格好だ。刺青の入った肩を怒《いか》らせ、警察官たちをにらみつけている。髪は坊主で背が低く、子猿みたいな顔だ。

「なにが暴力団《マルビー》風じゃ。ただのガキじゃねえか」

と炊田がつぶやいた。

コンビニの従業員によれば、男は金を払わず店内で缶チューハイを呑みはじめたので支払いを求めた。しかし男は財布を落としたといい、

「おまえの口のききかたが気に食わないといって、缶チューハイを投げつけられました」

従業員は濡れた制服を手で示した。だいぶ酔っているらしい男はいきりたち、

「ざけんなよ、てめえッ」

従業員につかみかかった。

実家のコンビニもタチの悪い客に悩まされているだけに、思わずかっとなって肩をつかんだら、男は大げさによろめいて道路にしゃがみこみ、

「おッ。刑事が暴力ふるったな。弁護士呼んでくれ」

「なにが暴力だ。いいかげんにしろッ」

正悟は怒鳴ったが、男はひるむ様子もなく、弁護士を呼べと繰りかえす。

「弁護士はあとで呼んでやるから、六本木署にこい」

と炊田がいった。男は道路にあぐらをかき、腕組みをして答えない。氏名を訊いても黙ったままだ。通勤で混みあう時間帯とあって野次馬が増えてきた。野次

馬たちは例によってスマホのカメラをむけてくる。あとから駆けつけた機動捜査隊や交番の警察官たちが両手を広げ、彼らを遠ざけている。

このままじゃまずいな。炊田が顔をしかめてつぶやくと、

「乾、手錠《ワッパ》かけろ」

「は、はい。しかし容疑は――」

「財布を落としたのが事実だとしても、レジで支払いする前に缶チューハイを呑んだのは窃盗だ。缶を投げつけたのは暴行罪にあたる」

正悟は腰に装着した革ケースから手錠をだすと、腕時計に目をやって、

「八時五十四分。あなたを窃盗と暴行の容疑で逮捕します」

腰をかがめて男の腕をつかみ、手錠をかけた。

とたんに男は目を白黒させて、頬を大きく膨らませた。

逮捕に抗議しているのかと思った瞬間、男の口から「もんじゃ焼」のようなどろどろしたものが噴出し、正悟の顔面を直撃した。それは猛烈に酒臭い嘔吐物だった。耐えがたい悪臭と不快さに尻餅をついたら、野次馬たちがどっと笑い声をあげた。

正悟が逮捕した男は、酔いが覚めると急におとなしくなった。酩酊して記憶はさだかでないというが、すなおに容疑を認め、子猿のような顔をくしゃくしゃにして涙ぐんでいる。

しかし反省しても、もう遅い。あすの朝には東京地検に身柄を送致するから、ベンロクと呼ばれる弁解録取書と身上調査書——いわゆる供述調書を作成した。

男を署に連行してから顔を入念に洗ったが、まだ嘔吐物の臭いがする。ひどい寝不足のせいで頭が働かず、供述調書を書き終えたのは四時すぎだった。

男を留置場に連れていき、組対課にもどってくると、なぜか刑事たちの視線が集中した。みな咎《とが》めるような同情するような表情だ。

怪訝《けげん》に思っていたら炊田が手招きして、スマホの画面をこっちにむけた。

画面には、子猿男に「もんじゃ焼」を浴びせられて尻餅をついた自分が映っていて、見出しがついていた。

「朝の六本木に泥酔マーライオン出現、警官にゲロアタック！」

恥ずかしさと怒りで呆然としていると、炊田はスマホをしまい、

「この写真がツイッターのトレンドにあがっとる」

「マジですか——」

正悟は頭を抱えた。炊田は溜息をついて、

「今回はおまえが悪いわけじゃない。だが西氷潤の捜査でしくじってから、ケチがついたな」

「どういうことですか」

「おまえのことを、みんながなんて呼んでるか知ってるか」

「――なんですか」

「当直の疫病神《やくびょうがみ》」

「えッ」

「おまえが当直の夜は決まって事件が多いからな」

事件男は、あんただろう。そういいたかったが、まわりの刑事たちは炊田ではなく、こっちを見ている。てっきり炊田が事件男だと思っていたが、それは自分だったのだ。

その夜、目を覚ますと午前一時をすぎていた。

五時頃に寮に帰って、あまりの眠さに布団にぶっ倒れたから八時間以上眠ったことになる。スマホでツイッターのトレンドを見たら、まだマーライオンがランキング上位にある。

正悟はうんざりして布団から這《は》いだすと、冷蔵庫にあったスポーツドリンクをラッパ飲みした。帰っても寝るだけだから、１ＤＫの室内は殺風景でなんの装飾もない。ゆうベカツ丼を半分食べて以来、なにも口にしていないだけに空腹をおぼえた。

寮に帰る途中で買ったコンビニの焼サバ弁当を食べていたら、わびしさがこみあげてくる。なんのために、こんな生活を続けているのか。そもそも、なぜ警察官になろうと思ったのか。

そのきっかけは幼い頃から正義の味方にあこがれていたからだ。正義の味方になって悪党をやっつけたい。そんな思いがあったのと、

「サラリーマンも商売も大変だぞ。いまの時代は収入が安定した公務員がいい」

父にそういわれた影響もある。

旅行代理店に勤めていた父は、正悟が小学校三年のときに脱サラしてコンビニのオーナーになった。人手不足のせいで母は店を手伝ったが、両親とも忙しくて休むひまがない。

家族で食卓を囲む機会はめったになく、ひとりでの食事が多かった。食生活も

お粗末で、週に何度かは両親が持ち帰った廃棄の弁当やパンを食べた。

母は手料理が作れないのを詫びたが、食べものへの執着は薄いから、それほど気にならなかった。両親の共働きで孤独にも慣れた。

とはいえ長時間の職務でへとへとに疲れ、寮で寝るだけの生活はつらい。彼女いない歴はもう四年で、これから先もできる気がしない。大学生の頃は同級生の彼女がいたが、警察学校に入ると寮生活で疎遠になり、それからは誰とも交際していない。

警察官は不祥事を防止するため、ふつうの若者のように自由な恋愛はできない。誰かと交際する場合は、上司への報告が義務づけられている。相手は三親等まで身辺調査され、問題があれば交際は許されない。交際できても節度が求められ、部屋に招き入れたりはできないし、ふたりで外泊するにも届出が必要だ。

警察官はそんな制約があるうえに勤務時間も不規則だから、交際相手を見つけるのはむずかしい。そのくせ結婚は生活が安定するのを理由に、早いほうが評価される。

したがって独身の警察官は合コンやグループ交際やお見合いで相手を探すことが多いが、職場で浮いている自分にはそんな機会もない。

正義の味方にあこがれて警察官になった。

にもかかわらず組対課では当直の疫病神と呼ばれ、シャンパンをぶっかけられたり嘔吐物を浴びせられたりしたあげくSNSで笑い者になる。

どうせ刑事でなくなるから気にすまいと思ったが、どこかへ飛ばされてからも、警察官である限り激務は続く。定年までの長い日々を考えたら、それに耐えられる自信がない。

正悟はのろのろと焼サバ弁当を食べ終えて、あーあ、と嘆息した。

① レトルトカレーとパックご飯がごちそうに変身

翌日、朝の捜査会議が終わったあとデスクにもどろうとしたら、

「課長が呼んでる。応接室にいくぞ」

と炊田がいった。なんの用かと思いつつ応接室に入ると、課長の羊谷がテーブルのむこうにいて座るよううながした。

正悟は炊田とならんでソファに腰をおろした。

「さっき本庁から応援要請があった」

羊谷はむずかしい表情でいった。炊田が身を乗りだして、

「なんの捜査ですか」

「暴力団《マルビー》の捜査らしいが、組対でいちばん若い奴をよこせっていう」

羊谷は縁なしメガネを指で押しあげて、

「うちでいちばん若いといえば、乾だ」

炊田は顔をしかめて、乾ですか、といった。

「本庁は西氷の件で、こいつに怒ってるんじゃ――」

「そのはずだ」

「でしょう。大丈夫ですか、こいつで」

「おれも心配だが、要請を断るわけにもいかん」

乾が断ったら、どうですか、と炊田が訊いた。

「な、乾、おまえも不安だろ。無理せずに断っていいんだぞ。な、な」

けさまですっかり落ちこんでいたが、本庁の応援と聞いて意欲が湧いた。応援で成果をあげれば、周囲の見る目も変わるかもしれない。

やります、と答えたら、炊田はがくりと肩を落として、

「またドジ踏んでも知らんぞ。おれは責任持たんからな」

「まあいいだろ。乾、勉強にもなるから、しっかりやってこい」

羊谷はソファから腰をあげた。炊田はこっちをにらんで立ちあがった。正悟は羊谷に駆け寄って、いつから本庁へいくのか訊いた。

「きょうの午後だ」

「きょうの午後？　すごく急ですね。職務の引き継ぎは――」

「炊田係長に伝えておけ」

炊田がしょげたゴリラのような表情になった。羊谷は続けて、

「おまえの電話番号を先方に伝えておくから、呼びだしがありしだい出動しろ」

「承知しました」

「警察手帳やＪＰカードは、こっちで預かる。身分のわかるものは、いっさい所持するな」

ＪＰカードは警察共済組合が警察職員やその家族のために発行するクレジットカードだ。正悟はごくりと唾を飲んで、なぜ身分を隠すんですか、と訊いた。

「身分秘匿捜査だ。したがって拳銃や手錠も所持しないが、詳細はわからん」

身分秘匿捜査とは、機密情報や証拠をつかむために身分を隠して対象に接近する捜査手法だ。おとり捜査が認められているアメリカとちがい、日本ではグレー

ゾーンで公《おおやけ》にできない。そんな捜査に、なぜ自分が抜擢されたのか疑問だが、組対課で書類仕事をするよりずっといい。

「おまえが身分秘匿捜査なんて心配でたまらん。いまからでも断ったらどうだ」

引き継ぎをするあいだ、炊田はそう繰りかえした。

このゴリラ男とも、しばらく会わずにすむのはうれしい。正悟は昂《たかぶ》りをおぼえつつ、本庁からの連絡を待った。しかし夜になっても連絡はなく、十一時すぎに退庁した。帰り際に炊田はにやにやして、

「本庁も、やっぱり気が変わったんだろ」

だとしたらがっかりだが、それならそれで連絡があるはずだ。

今夜も蒸し暑く、外の空気は重くよどんでいる。きょうは引き継ぎで時間がかかって夕食を食べそびれたから空腹だった。コンビニに寄って帰るつもりで歩いていると、スマホが鳴った。

画面に表示されているのは知らない番号だった。立ち止まって電話にでたら、乾正悟か、と男の低い声がした。はい、と正悟は答えて、

「あの、本庁のかたですか」

そう訊いたとたん、電話は切れた。

こっちからかけなおそうとしたとき、尖《とが》ったものが背中に食いこんだ。

「振りむくんじゃねえ。振りむいたら弾《はじ》くぜ」

背後から男の声がして全身が固まった。男は尖ったものを背中に押しつけたま
ま、もう一方の手で正悟の肩をつかんで、歩け、といった。

「お、おまえは誰だ」

冷静に訊いたつもりだったが、舌がもつれて声は震えを帯びていた。

「黙って歩け。そこの車に乗るんだ」

路肩に黒塗りのミニバンが停まっている。車種はアルファードのようだ。

思いきって抵抗すべきか迷ったが、背後の男は手際のよさからして、あきらか
に堅気《かたぎ》ではない。

スマホを上着のポケットにしまい、ナンバープレートに目を凝《こ》らしつつ車の前
まで歩いた。すると突然、黒い布袋を頭からかぶせられた。布袋は巾着状らしく、
紐のようなもので首が締まる感触があった。これでは袋をはずすだけで時間がか
かるから抵抗しようがない。

スライドドアが開く音がして車内に押しこまれ、ガムテープらしきもので両手
首を後ろ手に縛られた。まもなく車は走りだした。

さっきの男は隣にいるようで、脇腹に尖ったものを押しつけている。ということは運転席にもうひとりいるのだ。

得体のしれない恐怖に冷たい汗が噴きだし、口のなかがカラカラに渇いていく。こいつらはヤクザか、それとも半グレ集団か。我慢できずに、どこへいくんだ、と訊いたが答えはない。

五分ほど経って車は停まり、外へひっぱりだされた。やはり相手はふたりなのが靴音でわかる。建物のなかに入った気配があってエレベーターに乗せられた。エレベーターがしばらく上昇し、扉が開く音がした。

正悟は廊下を歩かされ、どこかの部屋に入ると椅子にかけさせられた。クッションからしてソファのような感触だ。室内は冷房がきいているが、快適さを味わうどころか全身に鳥肌が立っている。

相手がヤクザであれ半グレであれ、警察官を拉致監禁すれば長い懲役が待っている。それを発覚させない手段はひとつしかない。

真っ暗な山のなかや冷たい海の底を思い浮かべて戦慄《せんりつ》していると、

「兄貴、もういいですか」

さっきの男が誰かに訊く声がして、布袋をはずされた。とたんに目を疑った。

正面に木製の大きなデスクがあり、黒いジャケットに黒いシャツを着た男が革張りの椅子にかけていた。切れ長の目をした端整な顔だが、深い傷跡が頬を斜めに走っている。歳は三十代後半くらいに見える。

男の背後には「任俠」と筆で大書された巨大な額《がく》がある。横幅は一メートル以上で、高さは天井に届きそうだ。その額の上に柳刃《やなぎば》組の文字が入った細長い提灯がずらりとならぶ。

さらに室内を見まわすと天井近くに神棚、壁際にはいかめしい甲冑や高価そうな壺がある。部屋の隅には事務用のデスクとモニターがあって、ビルの入口らしい自動ドアが映っている。

「ここは――」

正悟は胸のなかでつぶやいた。

ここは、あきらかにヤクザの事務所だ。いま座っているのは思ったとおりソファで、前に大理石のテーブルがある。そのそばに細い口髭を生やした三十歳くらいの男が立っていた。

黒いスーツを着た口髭の男はにやりと笑って、

「よう、手荒《てあら》なまねして悪かったな」

その笑顔にすこし緊張が解けて怒りが湧いた。ふざけるなッ、と正悟は怒鳴った。髭男は笑みを浮かべたまま指を拳銃の形にすると、

「ふざけてるのは、おまえさ。おまえも刑事《デカ》なら、指と拳銃《チャカ》のちがいくらい感触でわかるだろうが」

拳銃だと思ったのは、こいつの指先だったのだ。男につかみかかりたかったが、両手首はガムテープで縛られたままだ。正悟はガムテープをはずそうと身をよじりながら叫んだ。

「おれが刑事だとわかってて、こんなまねをしたのかッ」

「あたりめえだろ。鈍い奴だな」

髭男はあきれたような表情でいって、頬に傷がある男に目をやった。傷男はデスクに両肘をついて指を組んだ。左手の小指が第一関節から欠けている。こいつらは、やはりヤクザだと確信した。

傷男は射抜くような目をこっちにむけてくると、

「上司から聞いてないのか。応援要請のことを」

凄みのある声でいった。正悟は目をしばたたいて、

「そんな――まさかそんな――」

こいつらが警視庁のはずがないと思ったが、髭男は薄く笑って、

「そのまさかなんだよ。おれたちは警視庁特務部の捜査官だ」

傷男は柳刃竜一《りゅういち》、髭男は火野《ひの》丈治《じょうじ》だという。警視庁には身分秘匿捜査に特化した極秘の部署が存在すると聞いたことがある。

が、すぐには信じられない。組対《ソタイ》の刑事には炊田のようにヤクザめいた風貌の者もいるが、このふたりはどこから見ても本職だ。しかも組事務所まで構える捜査官などいるはずがない。

「しょ、証拠を見せろ。警察手帳は？」

正悟はうわずった声で訊いた。火野と名乗った男は鼻を鳴らして、

「警察手帳《メンチョウ》なんか持ってるはずねえだろ。これは身分秘匿捜査なんだ」

「そ、それじゃあ、なにか身分を証明するものは？」

「ねえな」

「だったら信じるわけにいかない」

火野は口元をゆがめて柳刃のほうをむき、

「兄貴、どうしますか」

柳刃はデスクにあったスマホを手にして、どこかに電話すると、

「夜分に恐縮です。部長とお話ししたいという者がいるので、かわります」

スマホをこっちに差しだした。

火野がそれを受けとって正悟の耳にあて、話せというように顎《あご》をしゃくった。

もしもし——。恐る恐るそういったら、はい、と野太い声がかえってきた。

「竹炭ですが」

警視庁組織犯罪対策部部長の竹炭耕造だとわかって、唇がわななないた。なにかいおうと思っても緊張して言葉がでてこない。金魚のように口をぱくぱくしているると電話は切れた。

火野は正悟の耳からスマホをはずして、あーあ、といった。

「また部長を怒らせたぞ」

正悟は信じられない状況に呆然とした。竹炭に直接電話できるとあっては、ふたりが警察官だと認めざるをえない。

火野はようやく正悟の両手を縛ったガムテープを剝がしたが、もう動く気がしない。頭のなかは疑問だらけで混乱しきっている。

「これで身分の証明はいらないな」

「あの、ひとつだけいいですか」

「なんだ」

「その小指はいったい――」

「昔、ある組に潜入したとき、相手を信用させるために詰めた」

「そ、そんなことまでやるんですか」

「やらなきゃ組での貫目《かんめ》がさがる。幹部にのしあがるために必要だった」

正悟はあきれてうなずいた。組で出世するために指を詰めるとは、捜査の常識をはるかに超えている。

「じゃあ、こっちが質問する番だ。おまえが乗せられた車のナンバーは？」

「えッ」

「答えろ」

職業柄、不審な車のナンバーは即座に記憶する習慣が身についている。ナンバーを口にすると、柳刃は矢継ぎ早に質問を続けた。

この場所へくるまでに車内で耳にした音声。車に乗っていた時間と、そこから推定される距離と方角。車に乗せられてからは動揺していたので、はっきり答えられなかったが、柳刃は続けて、

「ここは何階で、どんな建物だ」

「どうして、そんなことを訊くんですか」

「わかってないな。なんのために、おまえを拉致したと思う？」

「なんのためって――」

「潜入捜査の適性を判断するためだ」

「潜入捜査？　身分秘匿捜査とは聞いてましたけど――」

「おまえは今夜から柳刃組の組員として生活する。ここで寝起きする部屋住みの若い衆《し》になるんだ」

「ここで寝起きって――わたしは官舎住まいなんですけど」

「誰かに尾行されたら終わりだぞ。捜査が終わるまで官舎には帰れん」

「そんな――」

「無理強《じ》いする気はない。ひとつまちがったら今夜のように拉致される可能性もあるし、もっと危険な状況に陥るかもしれん。厭《いや》なら六本木署にもどれ」

捜査とはいえ組員のふりなどしたくないし、このふたりの下で働くのは不安だった。といって六本木署にもどって書類仕事や雑用に追われるのも厭だ。ここにいれば六日に一度の当直もない。

やってみます、と正悟はいって、

「でも、どうしてわたしを選んだんですか」

「選んだわけじゃない。六本木署の組対で、いちばん若い奴をよこせといっただけだ。刑事としての経験が浅いほうがボロがでにくいからな」

投げやりないいかたに、むっとした。

「さっきの質問でわかったが、おまえは潜入捜査の適性が低い。そのぶん捜査対象者《マルタイ》の監視をきっちりやれ」

柳刃は火野にむかって顎をしゃくった。

火野が分厚いカーテンを開けると、天井から床までの全面が窓だった。窓のむこうに夜の街並が広がっている。正悟は立ちあがって窓に近づいた。火野は事務用のデスクから双眼鏡を持ってきて、

「これで、あそこを見てみろ」

かなり遠くにあるビルを指さした。双眼鏡を覗《のぞ》くと五階建てのビルが見えた。

地味な灰色の外観で看板はなにもない。ちいさな窓から明かりが漏れているが、ブラインドでなかは見えない。一階はガレージでシャッターが閉まっている。

「おまえも組対の刑事《デカ》なら、あのビルがなにかわかるだろ」

それは毒島《どくじま》組の本部事務所だった。

毒島組は関東一円に勢力を持つ一筋会《ひとすじかい》傘下の武闘派組織で、過去に他組織との抗争事件を何度も起こしている。六本木署も担当区域だけに監視を続けているが、最近は目立った動きがない。

柳刃はタバコをくわえると、ジッポーで火をつけて、

「捜査協力者《エス》によると、毒島組がもうじきでかいヤマを踏むらしい。莫大な量のシャブの密輸だ。時期や場所はまだわからんが、国内に入ったら小分けにされて追跡が困難になる。売人の手に渡る前に、なんとしても摘発したい」

最近の暴力団は暴対法やコロナの影響でシノギが苦しく、覚醒剤やコカインといった麻薬取引に参入する組織が多い。かつては麻薬を少量ずつ密輸していたが、いまは大量に仕入れて一気に市場へ流す傾向にある。

毒島組初代組長の毒島健司《けんじ》は三年前に病気で死亡して、息子の毒島誠《まこと》が二代目を継いだ。ナンバーツーは理事長の蟹江《かにえ》玄也《げんや》で、ふたりが組を仕切っている。

「おれたちは、密輸の情報を得るために毒島と蟹江に接触した。組の資金が豊富なのを匂わせたら、先方が麻薬取引を持ちかけてきた」

「毒島組と接触するから、こんな事務所を作ったんですね」

「そうだ。毒島組の連中はなるべくここに近づけたくないが、怪しまれないため

には暴力団《マルビー》になりきる必要がある。おまえもな」

正悟はおずおずとうなずいた。火野が腕組みをして、

「うーん。ここでのおまえの名前はなんにするかな」

「わたしの名前？」

「本名で潜入捜査をやるつもりか。ところで、おまえの好きな食いものはなんだ」

「好きな食べもの？　いろいろありますけど、麵類とか——」

実家ではひとりの食事が多かっただけに、たまに母が作ってくれるラーメンやうどんが楽しみだった。もっとも警察官になってからは縁起担ぎと多忙なのとで、麵類をあまり食べられないのがつらい。

んー麵類か、と火野はつぶやいて、

「じゃあ、面田《めんだ》太郎《たろう》にしよう」

文字を書くように宙を指でなぞった。正悟は首をひねって、

「——ちょっと単純すぎませんか」

「なら面野《めんの》太郎でも面屋《めんや》太郎でもいいぞ」

「おんなじですよ。それに、なんで太郎なんですか」

「おぼえやすいじゃねえか」

「でも、わたしは――」

「おまえはもうヤクザなんだ。自分のことを、わたしなんていうな。おれでいい」

「わかりました」

「だったら面田太郎でいいな。兄貴のことは組長、おれのことは兄貴と呼べ」

なにが「だったら」なのかわからないが、強引に偽名を決められた。そのあと火野から事務所のなかを案内された。

巨大なデスクや提灯があるのは応接室で、その奥に上がり框《かまち》と戸襖《とぶすま》があった。靴を脱いで戸襖を開けると、そこは広々とした和室だった。

床の間に「一期《いちご》一会《いちえ》」と大書した掛軸がかかり、鹿の角《つの》の刀掛けに二本の木刀がある。床の間の前には黒檀らしい座卓が置かれ、いかにも組事務所といった感じだ。壁際に七十型以上はありそうな液晶テレビがあって、木製のモダンなテレビ台に置かれている。

和室と廊下をはさんでキッチンと浴室と洗面所とトイレがあるが、どこも掃除が行き届いている。せまい官舎とちがって、ここで暮らすのは意外に快適かと思

ったが、

「ヤクザの部屋住みは掃除が基本だ。毎日ぴかぴかになるまでやれ」

火野にそういわれて、げんなりした。

「和室の押入れに布団があるから、寝るときに使え」

「あ、そうだ。着替えはどうすれば――」

「もう買ってある。おまえの身長と体重は警察のデータベースで調べたからな」

着替えは応接室のクローゼットにあるという。

不安になってクローゼットを開けると、ジャージや下着がいくつも入っていた。ジャージは白ばかりで、シャツとパンツは見るからに安っぽい。しかもパンツがすべてチェック柄のトランクスなのも厭だ。

「どうしてジャージなんですか。しかも白ばかり」

「ヤクザの部屋住みは、動きやすいジャージに決まってんだろ。白は汚れが目立つから、しっかり洗えよ」

「シャツとパンツは、やけに安っぽいですね」

「そりゃ百均だもの。おまえの靴も用意してあんぞ」

玄関のシューズボックスには、やはり白のスニーカーが二足入っていた。一足はアディダスだと思ったら、よく見るとロゴのスペルがａｄｉｏｓになっている。もう一足はぱっと見にはナイキだが、スペルがＮＡＭＡＩＫＩだ。

「なんですか、これ？　アディオスとナマイキって——」

「知らねえよ。ネット通販で適当に買ったら、これが届いたんだ」

「警察官がパチモン買っていいんですか」

「いいんだよ、おまえはヤクザなんだから。あとはおまえの頭だな」

「頭？」

「髪型よ。いまのふわふわした前髪じゃヤクザに見えねえ。いっそパンチパーマにするか」

「冗談じゃないですよ」

「じゃあ坊主か。おれがバリカンで刈ってやんよ」

「冗談じゃないですよ」

髪をワックスで後ろに撫でつけることで合意した。火野は眉毛を細くしろといったが、田舎のヤンキーみたいになりそうだから、かんべんしてもらった。

火野はそのあとノートパソコンを持ってきて、なにかのアプリを立ちあげた。続いてＩＤとパスワードを入力すると、ふたつに分割表示された映像が映った。

ひとつは毒島組の本部事務所、もうひとつは組長の毒島誠の自宅で、城のような豪邸だ。毒島の自宅は武蔵野市にあるという。

「これはリアルタイムの映像だ。毒島組と毒島の自宅付近に設置した街頭防犯カメラからネット経由で送られてくる」

火野はアプリの操作を説明した。街頭防犯カメラの映像は二十四時間サーバーに録画されているが、毒島組や毒島に不審な動きがあったとき、すぐ対応できるよう、手があいたときは常に監視しろといわれた。

火野の話が一段落して腕時計を見たら、もう午前二時をまわっている。ふとキッチンのほうからカレーの匂いが漂ってきた。路上で拉致される前から空腹だっただけに鼻をひくつかせていると、

「ぼやぼやするな。こっちにこい」

火野にこづかれて和室にいった。

「早く座布団を敷け。床の間を背にする席が上座だから、兄貴が座る」

細かいことをいうなと思いつつ、部屋の隅に積んであった座布団を座卓の前に敷いたら、前と後ろが逆だ、といわれた。

「座布団の敷きかたも知らねえのか」

「え、座布団に向きがあるんですか」

「座布団は三辺を縫いあわせてある。縫い目のないほうが『わさ』といって正面だ。それに座布団は正方形じゃねえ。正座したとき足がおさまるように縦長なんだ。縫い目がないほうを正面にするのは、相手と縁が切れねえようにって思いがこめられてるらしい」

よく見たら、たしかに縦長だ。いわれたとおりに座布団を敷きなおしたら、

「こんどは座布団が裏返しじゃねえか。まんなかに房のあるほうが表だ」

「へえ、知りませんでした」

「もっとも座布団は裏返しにして座るって説もある。掛け布団や毛布は体にかける面が裏だからな。でも、うちじゃ一般的なやりかたで表に座る」

「ややこしいですね」

「ややこしいけど、見る奴は見てる。ヤクザは上のクラスになると、マナーにうるさい。もし誰かがここにきたとき、正体を見破られねえよう注意しろ」

座布団を敷き終えたあと、火野からおしぼりと飲みものだしかたを教わった。おしぼりはトレイ、飲みものはコースターや茶托に載せる。おしぼりと飲みものは盆に載せて運び、来客の右後方から「失礼します」と声をかけ、両手を添えて

だす。

「盆は必ず畳に置いて、客の正面に飲みもの、右におしぼりを置く。菓子があるときは左から菓子、飲みもの、おしぼりだ」

続いて火野はおしぼりの畳みかたを説明して、

「いまみたいに暑い時期は、きれいに巻いたおしぼりをラップして冷蔵庫で冷やす。冬場はラップしたおしぼりをレンジで三十秒くらい温めてだす」

客が帰るときは一階まで見送りして、姿が見えなくなるまで頭をさげろという。警察官はマナーにきびしいから、ある程度は知っていたが、それ以上に細かい。この事務所でヤクザの相手をしないですむよう祈っていたら、できたぞ、と柳刃の声がした。

「お、飯だ」

火野にうながされてキッチンにいき、丼と茶碗と小鉢と箸を和室に運んだ。丼にはカレーうどん、茶碗には玉子かけご飯、小鉢には福神漬とラッキョウが入っている。柳刃はすこし前までリビングにいたのに、いつのまに作ったのか。

柳刃と火野は合掌して「いただきます」といい、正悟もそれにならった。警察学校でも食事のときは「いただきます」といったが、怒鳴るような大声をださないと教官から叱られた。

正悟はまずカレーうどんの汁をひと口啜って、麺を食べはじめた。とたんに目を見張った。調理時間からしてインスタントだろうと思ったら、専門店を思わせる本格的な味だ。

汁はツンとカレーの香りがして、カツオだしがきいている。麺はコシが強くて喉ごしがいい。具は豚バラ肉、薄切りの玉ネギ、天かすだ。豚バラ肉は旨みたっぷりで玉ネギはみずみずしい。

味付けは全体に甘めだが、じわじわと辛さが押し寄せてくる。とろみのある汁にサクサクした食感の天かすがマッチして、あまり食欲がなかったのに驚くほど箸が進む。

玉子かけご飯は醤油もなにもかかっていないが、ふっくら炊けた米と玉子をかき混ぜて、カレーうどんの汁を啜りながら食べると抜群に旨い。福神漬とラッキョウはカレーの付合せの定番だが、玉子かけご飯にもあう。夢中になって食べていたら、おい、と火野がいった。

「どうだ。兄貴の料理は？」

「旨いです。むちゃくちゃ旨いです」

柳刃は飯のおかわりをするらしく席を立った。火野はこっちに身を乗りだすと声をひそめて、

「旨い旨いっていうだけじゃなくて、ちゃんと訊けよ」

「なにをですか」

「この料理についてだよ」

「柳刃さんにですか」

「組長と呼べ」

「はい」

「兄貴はなあ、味にこだわりがある。だから料理について語りたいんだ」

「意外とめんどくさいひとなんですね」

火野にいきなり頭をはたかれた。まもなく柳刃がもどってきたが、料理についてなにを訊いたらいいのかわからない。正悟はすこし考えてから、いちばん無難に思える質問を口にした。

「このカレーうどんは、どうやって作るんですか」

柳刃は、作ったってほどじゃない、といった。

「カレーはレトルトだ」

「えッ。でもレトルトじゃ、こんな味にはならないと思いますが」

「まずフライパンにサラダ油をひいて、豚バラ肉と薄切りにした玉ネギを炒める。豚バラ肉から脂がでるから、サラダ油はすくなめだ。豚バラ肉と玉ネギに火が通ったら、カレー粉を加えて香りがたつまで炒める」

「だから、こんなに香りがいいんだ」

「そのあとフライパンにレトルトカレーを入れ、カツオだしベースのめんつゆと湯でのばす。めんつゆと湯の量は好みで調整すればいい。味を引き締めるためにウスターソースを少量混ぜる。もっととろみが欲しいなら水溶き片栗粉を使う」

「麵はどうするんですか」

「麵は冷凍の讃岐うどんだ。麵をレンジで解凍したあと丼に入れ、汁をかけたら天かすを散らして完成だ。刻んだ青ネギや白ネギを足してもいい」

レトルトカレーと冷凍うどんが、ここまで本格的な味になるとは驚きだった。

火野が玉子かけご飯をかきこみながら、これがパックご飯とは思えませんね、といった。正悟は目をしばたたいて、

「ほんとにパックご飯ですか。変な匂いもしないし、炊きたてみたいですけど」

「パックご飯の匂いは、長期保存のためのｐＨ調整剤や酸化防止剤、蓋のフィル

ムの接着剤が原因だ。最近は添加物がなく、接着剤も使わない製品が増えているから、それを買えばいい」

「なるほど。でもレンチンだけじゃ、こんなにふっくらしない気が――」

「パックご飯を旨くするには、いくつか方法がある。いちばん簡単なのは、所定の時間レンジで加熱したあと、蓋をしたまま裏返して一分おく。これで米が適度に蒸らされて、ふっくらする。そのあと、しゃもじで全体を混ぜてから茶碗に盛りつける」

そんな裏技があるんですね、と正悟はいって、

「美味しくて忘れてましたけど、これから大がかりな捜査をするのに麺類を食べていいんですか。刑事にとって長シャリは、捜査が長びくし縁起が悪いっていいますよね」

よく聞け、と柳刃はいった。

「おれたちは縁起担ぎはしない。というより犯罪に関しては偶然を信じない」

「犯罪に関しては偶然を信じない？」

「常に誰かに仕組まれた可能性を考える。アウトローで生き残れる奴は、みんな偶然を信じない」

「でも、ほんとの偶然ってあるんじゃないですか」

「むろんそうだが、捜査では徹底的に疑わねばならん。おまえもそのうちわかるだろう」

正悟はよくわからないまま、うなずいた。

玉子かけご飯は食べ終えたが、カレーうどんの汁はまだ残っている。この汁でご飯が食べたくてたまらず、あの、おかわりはありますか、と柳刃に訊いた。

「キッチンにあるぞ。パックご飯だけどな」

いそいそキッチンにいくと「ボンカレー中辛」の空箱や「サトウのごはん　銀シャリ」のパッケージがあった。やはりレトルトカレーとパックご飯が素材だとわかって感心した。

柳刃がいったとおり「サトウのごはん　銀シャリ」の蓋をすこし開けてレンジで二分温め、裏返して一分待った。それから茶碗に移したが、おれはいったいなにをしているのかと思った。しかもきょうから、ここで寝泊りするのだ。

正悟はいまさらのように不安をおぼえた。

②ちょっとお高い。でも旨さ太鼓判のオードブル

真昼の六本木は若者たちでにぎわっていた。
まばゆい陽射しが照りかえす通りを、丈の短いワンピースの女がさっそうと歩いていく。正悟は窓際に立って長い脚に見とれていたが、ふとわれにかえって事務用のデスクにもどった。ノートパソコンのディスプレイには毒島組の本部事務所と毒島の自宅が映っているが、これといった動きはない。
正悟はデスクに頬杖をついてディスプレイを眺めた。おなじ姿勢に疲れるとノートパソコンを和室に持っていき、腹這いになって監視を続ける。朝からその繰

りかえしで退屈極まりない。

ときどきサボりたい誘惑に負けてスマホを見たり、ストレッチをしたり、室内をうろついたりしたが、なにかを見逃すのが不安で、まもなく監視にもどる。とはいえ組対課で書類仕事や雑務に追われるよりは、ずいぶんましだ。

柳刃組の事務所で寝泊りして四日が経った。

はじめてここに泊まった翌朝、火野は小型のスマホを差しだして、

「兄貴とおれは、べつの捜査対象者《マルタイ》を監視する。おまえはそのあいだ毒島組と毒島の自宅をしっかり見張れ。動きがあったら、これで報告するんだ」

うなずいてスマホを受けとると、火野は続けて、

「それは通話記録が残らない特殊なプリペイドスマホだ。おれたち以外に電話はかかってこないから、鳴ったら必ずでろ」

「こっちから連絡したいときは、どうすれば――」

「電話帳の登録は兄貴が一でおれが二だ。でも急用のときしか電話するな。ふだんの連絡はメールでいい」

「了解です」

「それと不要不急の外出も禁止だ」

「コロナだからですか」

「おまえがここに出入りしているのを見られねえためだ。相手が警官でも詮索されるとまずい。コンビニくらいはいっていいけど、すぐ帰れよ」

続いて柳刃から、潜入捜査について誰にも口外しないよう命じられた。

「この事務所やおれたちのことも含めてだ。たとえ上司に訊かれても答えるな」

それから柳刃と火野はでかけていって、いまだに帰ってこない。

日課は監視のほかに掃除と洗濯で、食事は近くのコンビニで買ってくる。柳刃は料理にこだわりがあるというだけあって、キッチンには調理器具がそろっている。冷蔵庫には食材がたくさんあるが、料理は面倒だし勝手に食べるのは気がひける。

事務所があるのは雑居ビルの四階で、隣のオフィスは空《あ》いており、ひとの出入りはない。ビルの入口は雑居ビルには珍しいオートロックだ。玄関のドアは分厚いスチール製で、その横にカメラ付きのインターホンがある。

一階の駐車場には、柳刃たちの車が二台——正悟が拉致されたアルファードと地味なグレーのカローラがある。火野によるとカローラは目立たないので張り込み用だという。

ゆうべ係長の炊田から私物のスマホに電話があって、

「捜査対象者《マルタイ》は誰だ。どこで捜査をしてる？」

柳刃に口止めされているから返事をはぐらかしていると、炊田は舌打ちして、

「本庁に尻尾振ったって、おまえはおれの部下なんだ。上司に逆らうつもりか」

「逆らうつもりはありませんけど、口止めされてるので——」

「まあいい。また連絡するから、自分の将来をしっかり考えろ」

炊田はおどしめいたことをいったが、どうせ十月に左遷されるだろう。それに柳刃を裏切るのは怖いから、とりあえず捜査の状況を見ようと思った。

夜になって毒島組の本部事務所は組員の出入りが多くなった。

といって特に怪しい動きはなく、組員たちものんびりした雰囲気だ。ヤクザの事務所だけに通行人がビルのそばに近づくたび、人感センサーが反応して威嚇するようにライトが点灯する。

毒島の自宅は高い塀と庭木に囲まれて、なかの様子は見えない。さっき自動式の門扉が開き、黒塗りのベントレーがでていった。プリペイドスマホで火野にメールすると、毒島の愛車だと返信があった。

正悟は事務用のデスクで、あいかわらずノートパソコンの映像を眺めている。

時刻は、もう十時をまわった。

柳刃と火野はいつになったら帰ってくるのか。刑事になって張り込みは何度か経験したが、こんなに長く退屈ではなかった。

最初に張り込みしたのは六本木の闇スロット店で、車内から炊田と客の出入りを見張っていた。張り込みでは、映画やドラマのように運転席と助手席に刑事が座ることはない。ふたりしか乗っていないのに男どうしがならんでいると不自然だから、ひとりは必ず後部座席に座る。

闇スロット店を張り込んだとき、

「おい乾、餡パンと牛乳買ってこい」

炊田は後部座席でそういった。古い刑事ドラマで張り込み中に餡パンと牛乳を食べていたから、やはりそうなのかと思ったが、炊田は笑って、

「冗談じゃゃ。いまどき、そんな刑事《デカ》がいるもんか」

餡パンと牛乳は映画やドラマの演出だという。もっとも張り込み中の食事は、すぐ食べられるようコンビニのおにぎりやサンドイッチが多いから大差はない。

餡パンと牛乳のことを考えたせいで腹が減り、買い置きの唐揚げ弁当を食べた。

食事を終えて窓際にもどると、急に眠くなってきた。

ヤクザが行動するのは夜が多いから起きているべきだが、日中に眠れなかったせいで、まぶたが石のように重い。

ノートパソコンの前でうとうとしていたら、いきなり後頭部をはたかれた。驚いて振りかえると火野が大きな紙袋をさげて立っていた。正悟は面食らいつつ、

「ど、どうやって入ったんですか」

「鍵あけて入ったんだよ」

「でも、ぜんぜん音がしなかったけど――」

「おまえが居眠りするからだろうが」

火野はしかめっ面でデスクを指でこすると、

「なんだ、この汚れは。ちゃんと掃除しろ」

昼ドラのお姑さんみたいなことをいった。雑巾を持ってこようとしたら、

「あとでやれ。これに着替えろ」

火野は持っていた紙袋をこっちに放った。紙袋のなかにはシルバーグレーのスーツ、黒いドレスシャツ、先の尖った革靴が入っていた。スーツとシャツはてらてらと光沢があり、靴もエナメルでいかにも悪趣味だ。

とっとと着替えろ、と火野は声を荒らげて、

「いまからでかけるぞ」

「どこへですか」

「麻布十番のラウンジ。兄貴とは店で合流する」

「ってことは呑みにいくんですか」

「バカ、遊びじゃねえ。毒島組が裏で経営してる店だ」

「そんな店にいくのは危険なんじゃ――」

「危険でもしょうがねえ。毒島から接待に呼ばれたんだ。ほんとはおまえを連れていきたくねえが、若い衆《し》がいないと怪しまれるからな」

火野に無理やり悪趣味な服に着替えさせられた。自分の姿を鏡で見たら、古いヤクザ映画のチンピラみたいだった。火野はこっちを見ながら顎をまさぐって、

「なんか足りねえな。ちょっと待ってろ」

どこからか黒いセルフレームのサングラスを持ってきて、これをかけろ、という。しぶしぶサングラスをかけると火野はうなずいて、

「よし、いいぞ。だいぶやべえ感じになった」

「やべえ感じって、どういう意味ですか。ていうか、この格好、ちょっとダサく

ないですか」

「ちょっとじゃねえ、すごくダサいってことですか」

「でも安心しろ。ぜったい刑事《デカ》には見えねえから」

「そういう問題じゃないですよ」

「下でタクシー待たせてるんだ。もういくぞ」

火野は玄関にむかっていく。正悟は溜息をついて、あとを追った。

麻布十番に着いて、火野はきらびやかなテナントビルの前でタクシーを停めた。ビルの入口付近に白いマセラティが停まっている。たしかクアトロポルテというモデルで、新車なら千二百万円以上するはずだ。マセラティのむこうに毒島のベントレーが停まっている。こっちは二千万円を超えるだろう。火野は地下へ続く階段をおりながら、

「いいか。兄貴の肩書は組長で、おれは本部長だからな」

「本部長って上から何番目なんですか」

「兄貴の次だから、二番目に決まってるだろうが」

「でも毒島組のナンバーツーは理事長ですよね」

「関西の組じゃ組長の次は若頭だけど、関東は決まりがない。組によって呼びかたもちがう」

「そうなんですね。じゃ、おれの肩書は？」

「部屋住みに肩書があるわけねえだろ。なんなら事務所警備員にするか」

「もういいです」

地階に着いて廊下を歩いていくと、白い大理石の壁に「Ｍｅｍｂｅｒｓ　ＰＯＩＳＯＮ」と金属の看板があった。毒島の毒の意味でポイズンなのだろう。

重厚な木製のドアの前に黒いスーツの屈強そうな男が立っていて、訝しげな目をむけてきた。あきらかに店の従業員ではない。火野は男にむかって、

「柳刃組の火野。連れはうちの若い衆《し》だ」

お待ちしておりました。男はそういって一礼して、

「失礼ですが、お体をあらためさせていただきます」

火野が両腕を広げると、男は腋《わき》の下から足元まで入念にボディチェックをした。

続いて正悟もおずおずとボディチェックを受けて、ようやく店に入れた。

ジャズピアノが流れる店内は薄暗く、毛足の長い赤絨毯が敷きつめられている。

いちばん奥のボックス席に毒島たちと柳刃がいた。店は貸し切りなのか客はほかにおらず、露出の多いドレス姿の女たちは手前のボックスで待機している。

「おれが席についたら、おまえは後ろに立ってろ。タマヨケのつもりでやれ」

火野が歩きながら耳元でささやいた。正悟は首をかしげて、

「タマヨケ？」

「んなことも知らねえのか。ボディガードだよ」

自分だけ立たされるのは不満だが、逆らってもしょうがない。火野は一礼して柳刃の隣にかけ、正悟はその後ろに立った。柳刃たちとテーブルをはさんで三人の男がいる。三人とも組対の資料で顔写真を見ているから、年齢や階級もわかる。

毒島組組長の毒島誠、理事長の蟹江玄也、理事長補佐の芹沢義雄《せりざわよしお》だ。

毒島は四十四歳、短髪で色白の筋張った顔と薄い唇、感情の読めない三白眼は蛇を思わせる。苗字のとおり毒でも持っていそうな顔つきだ。

蟹江は四十歳、センター分けの髪と目鼻立ちの整った顔は一見ヤクザっぽくない。が、大きな目はどんより据わっている。

芹沢は組対の資料では三十八歳だったのに、髪は白髪まじりでげっそりと痩せ、見るからに陰気な雰囲気だ。

毒島と蟹江は傷害や暴行や恐喝など複数の前科があるが、芹沢についてはわからない。毒島組の組長とナンバーツーである蟹江が顔をそろえるからには、大きな取引が進んでいるのだろう。

毒島たちの後ろに、相撲取りみたいな大男が背筋を伸ばして立っている。歳は二十代なかばくらいで、悪趣味な臙脂《えんじ》色のスーツに黒シャツを着ている。髪は坊主だが、顔は丸々して目鼻立ちがちいさい。組対の資料で見たことはないから下っぱらしい。ふと目があうと大男は会釈したので、正悟も軽く会釈をかえした。いかつい体のわりに愛想はいい。

柳刃と火野、毒島と蟹江は小声でぼそぼそ喋っている。芹沢は格下だからか話には加わらず、落ちつきのない様子で店内を見まわしている。

テーブルにはリシャールヘネシーやレミーマルタン・ルイ十三世といったブランデーがならび、ドンペリの入ったシャンパンクーラーがある。無許可営業していたホストクラブの捜査でそうした酒を知ったが、どれも目の玉が飛びでるような値段だけに呑んだことはない。

話しあいが決裂したらどうなるか不安だったが、なんとか無事に終わったようで五人はシャンパングラスをあわせて乾杯した。続いて毒島が手を叩くと、従業員の女がぞろぞろ集まってきた。

「いまからは無礼講でいきましょう。そちらの若い衆《し》もどうぞ」

と蟹江がいった。火野がこっちを振りかえって席につくようううながした。早く店をでたいのにと思いつつ、ソファの端に腰をおろした。

蟹江は背後の大男にむかって、

「揚原《あげはら》、おまえも呑め」

おいっす、と大男は頭をさげて正悟のむかいにかけた。

お邪魔しまあす。従業員の女たちは甘ったるい声をあげながら、次々と男たちのあいだに座った。慣れない状況に身をこわばらせていると、金髪で派手なメイクの女が隣にきて、ちいさな名刺を差しだした。

受けとった名刺にはｓａｒａとある。

「サラ？　もしかしてハーフとか？」

「ううん。アメリカに留学はしてたけど」

ノースリーブでタイトな白いドレスから、豊かな胸の谷間とあらわな太腿が覗く。目のやり場に困っていたら、おいサラ、と毒島がいった。

「なんでこっちにこない？」

サラという女は正悟の肩にしなだれかかって、

「だって若いひとのほうがいいもん」

「ふん、勝手にしろ」

毒島はこっちを見ながら苦笑して、おい兄さん、といった。

「その子は、ちょっとイカれてるから気ィつけな。もとはシャブの売人だからな」

「もう組長、よけいなこといわないの」

もとはシャブの売人だと聞いて、ぎょっとした。サラに名前を訊かれたが、むろん本名はいえない。やむなく面田太郎と答えた。ぎゃはは、とサラは笑って、

「ごめん。ちょっとウケた。マジかわいい名前だから」

もっとましな偽名にしたかっただけに黙っていると、サラはこっちを覗きこんで、タロッチって呼んでいい？　と訊いた。

「好きにして」

「タロッチって歳いくつ？」

「――二十七」

「あたしより、ひとつ上かあ。年下かと思った」

あらためて顔を眺めたら、つけ睫毛の大きな目とピンクのルージュをひいた唇

が愛くるしい。彼女が体を寄せてくると、甘い香水の匂いがした。なにを呑むかと訊かれて、ドンペリというのはおこがましいから水割りと答えた。

サラはブランデーをグラスに注いでミネラルウォーターで割ると、マドラーでかき混ぜた。ラメ入りのネイルチップをつけた細い指がしなやかに動く。

「ね、ヤクザになって、どのくらい経つの」

「んー、まだちょっとだよ。いまは部屋住みだから」

「前はなにやってたの」

「――ぶらぶらしてた」

「ふうん。柳刃組ってどこの枝？」

枝とは二次団体や三次団体の意味だから、一次団体すなわち本家はどこかと訊いている。けれども柳刃たちとそこまで打ちあわせていない。このままではボロがでそうだから、逆に質問したほうがいい。

「えっと――サラちゃんは、もうやばいもの売ってないの」

「シャブ？」

せっかく小声で訊いたのにサラは大声をあげたから、全員がこっちを見た。

「もう売ってないよ。こんど懲役いったら長いから」

服役経験があると知って顔が強ばった。なにかいおうにも言葉がでてこない。もっとリラックスしなければと思ってグラスを口に運んだが、緊張のせいで味がよくわからない。サラは正悟の太腿に手を置いて、

「タロッチ、あたしもいただいていい？」

どうぞ、というと彼女はドンペリをボトルで追加したから、ぎょっとした。誰の払いなのか知らないが、勝手に注文したと思われたくない。

「それってすごく高いよね。大丈夫なの」

「これゴールドだから、そんなに高くないよ。ホスクラだと四十万くらいするけど、うちの店は安いから三十万」

どこが安いんだと思っていると、従業員の男たちが料理の皿とフルーツの盛りあわせを運んできた。従業員はうやうやしく一礼して料理の説明をはじめた。

「こちらのキャビアはカスピ海産のベルーガ、イギリス王室御用達のシーソルトをまぶしたクラッカーに載せてお召しあがりください。こちらはハンガリー産のフォアグラ・ド・カナールをソテーしてイタリア・アルバ産の白トリュフをトッピングしました」

わあすごーい、と女たちが感嘆した。

「キャビア、フォアグラ、トリュフって世界三大珍味じゃん」

サラが隣でつぶやいた。キャビアもフォアグラも食べきれないほどあるが、いったいいくらするのか。従業員は続けて、

「生ハムはイタリア・パルマ産のクラテッロ・ディ・ジベッロ、サラミはイタリアのポー川流域産のサラミ・デル・ポー、いずれも最高級品です。続いてチーズはクリーム、ゴーダ、チェダー、ゴルゴンゾーラ、モッツァレラをご用意しましたが、こちらもやはり最高級の――」

「もういい。説明が長いぞ」

毒島が片手をあげると、従業員は恐縮してひきさがった。

フルーツはシャインマスカット、マンゴー、メロン、桃、リンゴなどがクラッシュアイスを敷きつめたクリスタルの大皿に盛られている。

柳刃組長、と蟹江が笑顔でいって、

「この店の食材は、みんな組長が吟味したんです」

「おれは自分の生きかたと一緒で、料理も下手な小細工は嫌いでね。一流の食材はそのまま食うのがいちばん旨い。まあ食べてみてくれ」

毒島がそういって料理を手で示した。

ありがとうございます。いただきます。柳刃は頭をさげて両手をあわせると、

「その前に、すこし追加したいものがあるのですが——」

どうぞどうぞ、と蟹江がいった。

柳刃は従業員を呼んで、なにか注文した。すこしして従業員が運んできたのは、薄切りにした大量のバゲットだった。柳刃はそれを指さして、

「無塩バターを塗って、軽く焼いてもらいました。キャビアを載せるといいと思ったので」

毒島の眉間に皺が寄り、薄い唇がぴくりと引き攣《つ》った。だされた料理に手を加えるのは差し出がましいだけに、あたりの空気が張りつめた。

「さあさあ、いただきましょう。女の子たちも遠慮せずに食べなよ」

火野が明るい声をあげたのをきっかけに、みんなはようやく料理に手をつけた。

正悟はまずキャビアをクラッカーに載せて食べ、次にバゲットに載せて食べた。キャビアが旨いのはもちろんだが、味は明らかに後者が上だ。

サラもおなじようにクラッカーとバゲットでキャビアを食べくらべて、

「うわ、バゲットのほうがめちゃ美味しい」

毒島の眉間にまた皺が寄ったが、サラは気にする様子もなく、

「柳刃組長、キャビアってバゲットで食べると、こんなに美味しいんですね」

柳刃はキャビアの横にあるクラッカーを指さして、

「これにまぶしてあるイギリスのシーソルトは旨い塩だが、キャビアは塩気が強いから、一緒に食べると味が濃くなりすぎる。キャビアの旨みを味わうならロシアのパンケーキのブリニか、やわらかめのバゲットがいい。味にコクをだすバターは、キャビアの塩気を生かすよう無塩にした」

「そうなんだあ。勉強になった」

毒島を気遣ってか、ほかの女たちは黙っている。けれども味の優劣はあきらかで、クラッカーが残っているのにバゲットは見る見る減っていく。

柳刃はナイフとフォークを器用に使い、フォアグラのソテーとスライスしたメロンを重ねて食べている。サラがさっそくまねをして、美味しいッ、と叫んだ。

「フォアグラとメロンって、すっごくあう」

正悟もおなじようにしてみると、香り高い白トリュフをまぶした濃厚なフォアグラがジューシーで甘いメロンの果肉とマッチして、すばらしく豪勢な味わいだ。

「生ハムとメロンがあうのは知ってたけど、これははじめて」

とサラがいった。蟹江がおなじ食べかたをして、ほう、と声をあげた。

「たしかに旨い。組長もどうですか」

毒島は不機嫌な表情でフォアグラとメロンを口にしたが、なにもいわない。

「柳刃組長、こういう組みあわせで美味しくなるのは、ほかにもありますか」

とサラが訊いた。柳刃はうなずいて、たくさんある、といった。

「ここにある生ハム——クラテッロはエクストラバージンオリーブオイルをかけて、マンゴーとあわせても旨い。モッツァレラチーズが桃にあうのは有名だが、そこにクラテッロを加えるともっと酒にあう。シャインマスカットは切れ目を入れてゴルゴンゾーラをはさみ、ブラックペッパーと少量の蜂蜜をかける」

「おい、オリーブオイルとブラックペッパーと蜂蜜を持ってこい」

蟹江が従業員にむかって叫んだ。柳刃は続けて、

「フォアグラはメロンだけでなく、マンゴーとも相性がいい。サラミ・デル・ポーはクリームチーズとリンゴを載せ、やはり蜂蜜をかける」

いつのまにかボックス席にいる全員が、柳刃のいった方法で食べていた。どれもいままで経験したことのない美味しさで、ナイフとフォークが止まらない。

むかいにいる揚原は毒島と蟹江の様子をちらちら窺いながら、ひと口食べるたび恍惚とした表情を浮かべた。芹沢はいまだにきょろきょろして料理もあまり食

べようとしない。

ふとサラが溜息をついて、

「どれもすっごく美味しいけど、うちじゃキャビアなんて買えないな」

「キャビアに見た目と味が近いものならある」

と柳刃がいった。なんですか、とサラが訊いた。

「ランプフィッシュキャビア。ランプフィッシュという魚の卵の塩漬けだ。むろん本物にはおよばないが、値段は数十分の一だし、日常的に食べるならこれでじゅうぶんだ」

「生ハムとフォアグラは？」

「生ハムは、このクラテッロとおなじパルマ産のプロシュートか、スペインのハモンセラーノにすれば値段はだいぶ安くなる。フォアグラは鶏レバーで近いものが作れる」

「鶏レバーで？　あれって安いけど、なまぐさくないですか」

「鶏レバーは加熱しすぎるとなまぐさくなり、食感がパサつく。それと下処理が大切だ。まず鶏レバーの白い脂、血と筋をとって食べやすい大きさに切る。それを牛乳に漬け、冷蔵庫で三十分くらい寝かせる。次に鶏レバーの水気を切ってジップロックに入れ、オリーブオイルとあえる。そのあとジップロックの空気を抜いて鍋で茹でる。火加減は沸騰しないよう、とろ火だ。鶏レバーに火が通ったら、好みの味付けをして完成だ」

「いやあ驚いた」

と蟹江がいった。

「うちの組長《おやじ》はグルメだが、柳刃組長も相当なもんだ。ここにある食材をアレンジしただけで、これほど旨くなるとは――」

毒島はシャンパングラスをあおると三白眼を細めて、

「たしかに旨いのは認めよう。しかしこういう席で、おれに恥をかかすのか」

ドスのきいた声でいった。

「おれは、一流の食材はそのまま食うのがいちばん旨いといった。にもかかわらず、柳刃組長はあれこれ能書き垂れて、おれのメンツを潰した。おたくとはまだつきあって日が浅いが、極道にとってメンツがどれだけ大事かわかるだろう」

緊迫した雰囲気に店内は静まりかえった。

サラも緊張しているらしく、太腿に置かれた指に力がこもって胸がどきどきした。ここで話がこじれたら、取引は中止になって潜入捜査は失敗してしまう。

「無礼講とうかがいましたが、ですぎたまねをして申しわけありません」

柳刃はテーブルに両手をついて頭をさげた。火野もそれにならって、

「失礼の段、なにとぞお許しください」

毒島は腕組みをして、無礼講にも限度がある、といった。

「堅気じゃあるまいし、詫びりゃあすむってもんじゃねえ」

「それでは――」

柳刃は低い声でいって上着の懐に、すっと手を入れた。

とたんに毒島たちが顔色を変え、揚原が身構えた。

正悟も思わず腰を浮かせたが、柳刃は懐からだした手をテーブルに置き、車のスマートキーを毒島のほうへ押しだした。

「お詫びのしるしに、こちらをお納めください」

蟹江が目を見張って、これは――とつぶやいた。

「マセラティのキー。もしかして、このビルの前に停めてあった――」

「ええ。組長がお気に召すかどうかわかりませんが」

柳刃は伏し目がちにいった。あのマセラティはヤクザを装うために用意したのかもしれない。が、千二百万円もする車を暴力団に渡すのか。そんな巨額の捜査

費がでるはずがない。ふふふ、と毒島は体を揺すって笑い、

「さすがは柳刃組長、おれが見込んだとおり太っ腹だ。さっきのことは、すべて水に流そう」

「ほんとにいただいていいんですか」

蟹江はあきれた表情で柳刃に訊いた。黙ってろ、と毒島はいって、

「ひとかどのヤクザはなあ、一度だしたものをひっこめるわけにいかねえんだ」

「おっしゃるとおりです。今後とも、なにとぞよろしくお願いします」

柳刃は顔色ひとつ変えずにいって、また頭をさげた。

「ようし、気に入ったッ」

と毒島が大声でいった。

「気分を変えて呑みなおそう。みんなであらためて乾杯だッ」

それからは一転してなごやかな雰囲気になり、盛大な宴会になった。

サラはドンペリをがぶがぶ呑みつつ、正悟にもブランデーを勧める。ふだんは呑まないうえに不慣れな環境のせいで、しだいに酔っぱらってきた。

サラはあいかわらず正悟の太腿に手を置いて、

「柳刃組長って、かっこいいね」

「まあね」

「まあね？　親分にそんなこといっていいの」

「あ、いや、よくない。かっこいいよ」

「タロッチって、なんかヤクザっぽくないね」

ヤクザではないから当然だが、そう思われるのはまずい。正悟は水割りを一気にあおって、おれはさあ、といった。

「こう見えても意外とワルだよ」

「そうなんだあ。じゃ前科《まえ》あんの」

「──ちょっとね」

「なにやったの。教えて」

「うー、ケンカとか」

「だったら暴行と傷害？」

「ま、まあ、そんなとこ」

「どこでパクられたの」

「んーと、新宿」

「マジで？　あたしも歌舞伎町でからんできた女ガジってパクられた」

ガジるとは恐喝の意味だが、サラはいくつ前科があるのか。

「そのあと、あたし小菅で暴れて独居だったの。ちょうど冬で寒くてさあ」

小菅とは東京拘置所でトウコウとも呼ばれる。独居は独居房だ。でも弁護士がよかったから、しょんべん刑、とサラは笑った。しょんべん刑は短期の懲役をさす。彼女は続けて、

「ケンカでムショはどのくらい入ったの」

「そこまではやってない」

「執行猶予《ベントウ》ついたんだ。何年?」

玄人っぽい突っこみにしどろもどろになっていると、大男の揚原が隣にきて、

「失礼します、先輩。一杯どうぞ」

ビール瓶を差しだした。サラの質問攻めをかわしたくてビールを呑むと、

「自分は揚原直弘《なおひろ》っていうもんっす。今後とも、よろしくお願いします」

揚原は一礼した。よろしくお願いされたくないと思いつつ、こちらも偽名を口にしたが、ますます酔いがまわって意識が朦朧としてきた。

しかし、ぜったいに酔うわけにはいかない。トイレで吐こう。トイレで吐こう。

そう思ってトイレにいったところで意識が途切れた。

③ 二日酔いが見る見る回復。熱々の激ウマ朝食

気がつくと巨大な万力で頭をはさまれていた。

毒島が筋張った顔に薄笑いを浮かべて、万力のハンドルをまわしている。頭の血管がずきずきと脈打ち、頭蓋骨がいまにも砕けそうに痛む。

悲鳴をあげたかったが、喉が渇ききって声がでない。かわりに酸っぱいものがこみあげてきて、激しい胸焼けがした。

必死でもがいていたら、誰かに頰をはたかれた。

はっとして重いまぶたを開けると、火野が怖い顔でこっちを見おろして、

「いつまで寝てやがるんだ。このタコスケがッ」

やっとの思いで頭をあげたら、いつもの和室の布団のなかだった。悪夢を見ていたのだとわかって安堵したが、まもなく不安が襲ってきた。

ゆうべはどうやって、ここへ帰ってきたのか。麻布十番のラウンジを何時にでたのか、まったく記憶がない。

「タマヨケが酒呑むだけでもおかしいのに、べろんべろんに酔いやがって。おれたちがフォローしなかったら、正体がばれてたぞ」

「すみません。トイレにいったところまでしか、おぼえてないんです」

「おまえの様子がおかしいから、おれはすぐトイレにいったんだ。そしたら個室の便器にもたれて、ぐうぐう眠ってやがる」

そんな醜態をさらしたのかと思ったら、恥ずかしさで顔が熱くなった。それからどうしたのか恐る恐る訊くと、

「どうしたもこうしたもねえ。おれがトイレでヤキ入れたから、おまえは気絶したってことにして、ひきずって帰ったんだ」

弁解したいことはいろいろあるが、あやまるしかなかった。

「おまえは潜入捜査をする以前に刑事《デカ》失格だ。こんどドジ踏みやがったら、熨斗《のし》

つけて六本木署に追いかえすぞ。さっさと朝飯の支度をしろィ」

火野に急かされて布団をあげ、座卓のまわりに座布団を敷いた。朝食を食べるより喉を潤したくてたまらないが、また叱られそうだから黙っていた。

壁際のテレビではニュースが流れていて、画面の隅の時刻は八時をまわっていた。組対課では八時半前に出勤するのが決まりだから、遅刻といっていい。

柳刃はキッチンでなにか作っている。柳刃も火野も部屋着はスエットの上下だ。色が黒なのは、部屋住みの白ジャージと差別化を図っているのか。

やがて柳刃に呼ばれてキッチンにいくと、大きなジョッキを渡された。よく冷えたジョッキは薄い黄色のジュースらしい液体で満たされている。

柳刃はそれを顎でしゃくって、

「飯の前に飲め」

いわれなくとも喉が渇いていたから、すぐさまジョッキに口をつけた。とたんに強烈な酸味と炭酸が口のなかで弾けて、うわ、酸っぱ、と声がでた。けれども酸っぱいだけでなく、かすかに塩気と辛みがあってあとをひく。喉をごくごく鳴らして飲み干すと、靄がかかったようだった頭のなかがすっきりした。

「これはレモンジュースですか」

「レモンの絞り汁を炭酸水で割って、少量の塩とおろしショウガを加えた」

「すこし辛かったのは塩とショウガなんですね」

「二日酔いは脱水症状だから体は塩分と水分を求めている。ベトナムでは二日酔いのとき、レモンを絞った水に塩とショウガを入れて飲む。ショウガの辛み成分は、消化不良の改善や吐き気の防止に効果がある。さらに炭酸水は胃の働きを活性化する」

「それで、これを飲んだらすっきりしたんだ。ありがとうございます」

正悟は頭をさげたが柳刃は知らん顔で、朝食を和室に持っていくよううながした。メニューは両面を焼いた目玉焼を載せた厚切りのトースト、パセリを散らした飴色のスープだった。

いただきます。合掌して大ぶりのカップに入ったスープをひと口啜ったら、思わず顔がほころんだ。とろとろの玉ネギの甘みと、コクのあるスープの旨みが荒れた胃袋に沁みわたった。ほのかにチーズとバターの味がする。

続いて食べたトーストは耳がほどよく焼けて香ばしく、内側はしっとりもちもちして、噛むたびに芳醇《ほうじゅん》なバターがにじみでる。

粗挽きのブラックペッパーをまぶした目玉焼はいま焼いたように熱々で、白身のふちがカリカリに焼け、黄身は半熟でとろりとしている。それをトーストとともに食べながらスープを飲むと、旨さが倍増した。

さっきまで地獄の二日酔いに苦しんでいたのが嘘のように食欲が湧く。たちまち完食して幸福感に浸っていたら、火野がじろりとこっちを見た。

作りかたを訊けということだろう。もっともトーストとスープなら自分でも作れそうだから興味がある。

「柳刃さん――じゃなくて組長、いま食べたトーストの作りかたは？」

「食パンはセブンイレブンの金の食パンだ」

「え？　おれもトーストして食べたことありますけど、ここまでの味では――」

「バターは、北海道のトラピスト修道院で作られているトラピストバターを使った。発酵バターだから、ふつうのバターにくらべて香りとコクがちがう」

「発酵バター？」

「バターは生乳を攪拌して分離したクリームが原料だ。そのクリームを乳酸菌で発酵させたのが発酵バターで、ヨーロッパでは一般的に使われている。日本では非発酵バターが主流だが、最近は発酵バターも人気がでてきた。トラピストバターは味だけでなく、缶入りで使いやすいのもいい」

「バターって銀紙を包みなおすのが面倒ですもんね。目玉焼はこれみたいに両面焼けばいいんですか」

「目玉焼は片面だけ焼くのをサニーサイドアップ、両面をよく焼いたのをターンオーバーと呼ぶ。両面焼きでも、片面に軽く火を通しただけのサニーサイドダウンと黄身が半熟のオーバーミディアムがある」

「じゃあ、さっきのはオーバーミディアムですね」

「ああ。目玉焼を焼くのにもトラピストバターを使った。バターは火力が強いと焦げるから弱火でじっくり焼き、仕上げにヒマラヤ岩塩を少々と粗挽きのブラックペッパーを振った。焼きたての目玉焼をトーストに載せると熱が冷めにくいから、ずっと温かい」

「それで、あんなに熱々だったんだ」

「兄貴によると、玉子は二日酔いにもいいらしいぜ」

と火野がいった。柳刃は軽くうなずいて、

「二日酔いの原因は、アルコールから発生するアセトアルデヒドだ。玉子に含まれるメチオニンという必須アミノ酸が体内でLシステインに変わり、アセトアルデヒドの分解を促進する」

「玉子って二日酔いにきくんですね。さっきのスープも胃袋に沁みました」

「フランスでは二日酔いの定番だ。玉ネギにもメチオニンが含まれている」

「そうなんだあ。でも作るのはめんどくさそうですね。玉ネギをとろとろにするのも時間がかかるでしょうし」

「レンジを使えば簡単だ。まず玉ネギを繊維に対して垂直に薄切りする。繊維を断つと食感がやわらかくなり、甘さが際立つ。切った玉ネギは耐熱容器に入れてラップをかけ、五分ほど加熱する。そのあとバターをひいたフライパンで、焦がさないよう飴色になるまで炒める」

「玉ネギの切りかたに、そんな意味があるんですね」

「繊維に沿って切る――たとえばくし形に切ると形崩れしにくく、歯応えのある食感になる」

「なるほど。続きをお願いします」

「フライパンの玉ネギが飴色になったら、コンソメと湯を加える。コンソメと湯の量は味をみながら加減する。最後に塩とコショウで味を整え、粉チーズとパセリを振ったら完成だ。もっと濃厚な味がよければ、とろけるチーズをちぎって入れてもいい」

はー、すごい。正悟は大きく息を吐いて、

「見た目は簡単そうな料理なのに、奥が深いんですね」

「物事にはすべて奥があり、裏表もある。ささいなことでも舐めてかかるな」

「ゆうべは申しわけありませんでした。つい呑みすぎてしまって――」

「それが奴らの手口だ。相手を酔わせて正体を見極め、隙があれば弱みを握る」

「柳刃さんも――いや組長も、せっかく料理をアレンジしたのに難癖つけられましたよね」

「あれは予定どおりだ」

「えッ。でもマセラティを渡すなんて――そんな捜査費がでるんですか」

あれはニコイチよ、と火野がいった。

「ニコイチ?」

「二台の事故車を一台にするんだ。たとえばフロントが壊れた車とリアが壊れた車を組みあわせる。大破した車はタダ同然の値段だからな。おれたちの顔がきく自動車工場に大破したマセラティがたまたま二台あったから、それを一台に仕上げた。だからマセラティでも激安さ」

「そ、そんなことして、ばれませんか」

「ヤクザはどうせ自分の名義じゃ車を買えねえ。暴力団なのを隠して購入すれば、詐欺容疑で逮捕されるからな。あいつらが乗ってるのは名義変更できないし車検も通らない金融流れの車がほとんどだ。あいつらもいっとき見栄を張れりゃいいから、細かいことは気にしねえ」

「じゃあ、計画的にあの車を渡したと――」

当然だ、と柳刃がいった。

「ただ車を渡して機嫌をとろうとしても疑われる。先に難癖をつけさせてから、詫びとして車を渡せば怪しまれない」

「そこまでして車を渡したのは、毒島たちを信用させるためですか」

「それだけじゃない。車体のパーツに超小型のGPS発信機を仕込んである。バッテリーの稼働時間は三十日。廃車にして細かく分解しない限り、見つかることはない」

「ゆうべマセラティは毒島の自宅に入っていったぞ。おまえは寝てたけどな」

火野はそういってノートパソコンを持ってくると、ディスプレイに地図を表示した。マセラティの位置を示す丸印は毒島の自宅で止まっている。

「マセラティが移動したらアラートが鳴る。そこから追跡開始だ」

柳刃と火野がそこまで計算しているのに脱帽した。柳刃とけさの朝食にしても、メニューはすべて二日酔いにいいものばかりだ。火野は二日酔いではなさそうだから、こちらの体調を気遣って作ってくれたのだろう。自分のふがいなさに落ちこんでいると、

「次のコーナーは、有名人のお宅訪問。今回はヤミープロダクション社長の矢巳《やみ》芳樹《よしき》さんです」

テレビからレポーターらしい女の声がした。

ヤミープロダクションといえば、西氷潤の所属事務所だ。画面には港区白金台にあるという白亜の大豪邸が映っていて、レポーターがとんでもない高さの吹き抜けがあるエントランスを通って室内に入っていく。壁と天井は真っ白で、床に大理石を敷いたリビングはホールというべき広さだった。

各部屋には専用のバスルームとウォークインクローゼットを完備し、ルーフテラス、シアタールーム、オーディオルーム、フィットネスジムまである。

茶髪を肩まで伸ばした矢巳芳樹は、真っ黒に日焼けした顔にセラミックらしい真っ白な歯で、いかにもセレブ然としている。矢巳はまだ四十歳の独身で、この大豪邸にひとりで住んでいるというから驚きだ。

「こんな広いおうちでひとり暮らしなんて信じられない。さびしくないですか」

　レポーターが甲高い声をあげると、矢巳は微笑して、

「さびしくないですよ。専属のハウスキーパーやシェフがいますし、月に何度かホームパーティやりますから。最近はコロナでひかえてますけど、西氷くんなんかも、しょっちゅう遊びにきます」

「西氷くんって西氷潤さんですよね。すごーい。あたしもお邪魔していいですか」

「ぜひぜひ。来年はここより広い別荘を軽井沢に建てる予定ですから、そちらにもどうぞ」

　火野が鼻を鳴らして、ほんとにそれだけ稼いでんのか、とつぶやいた。

「去年から業績はガタ落ちだろうが」

　ヤミープロダクションはコロナの影響でイベントが開催できず、赤字に転落したという報道があった。社長の矢巳は有名女優の弱みを握って無理やり愛人にしたとか、暴力団と深い関係にあるとか、黒い噂が絶えない。もっとも矢巳がどの暴力団と関係しているのかは噂の域をでず、はっきりした情報はない。

　柳刃と火野は立ちあがってスーツに着替えはじめた。

「兄貴とおれはでかけるぞ。今夜はもどらねえが、監視をしっかりやれよ」

火野にそういわれて、はい、と答えた。

ふたりがでかけたあと食器を片づけていたら、私物のスマホが鳴った。相手は炊田だ。わずらわしく思いつつ電話にでると、いきなり怒鳴られた。

「おい、いつになったら捜査の状況を報告するんだッ」

「そういわれても勝手に喋ったら、わたしが叱られます」

「羊谷課長もおまえと話したがってる。やばいことに巻きこまれてないか心配してるぞ」

ゴリラ男はともかく、羊谷は組対課で孤立した自分を気遣ってくれる。それだけに無視するのは申しわけない。近日中に時間を作れといわれて、しぶしぶ承諾した。


まだ六時をすぎたばかりなのに窓の外は薄暗くなってきた。

八月ももうすぐ終わりとあって日が暮れるのが早い。

正悟は事務用のデスクに突っ伏して、ノートパソコンのディスプレイを見つめていた。ゆうべの醜態を挽回するつもりで昼食は抜きにして監視を続けているが、毒島組の本部事務所と毒島の自宅に変化はない。

ただ本部事務所を頻繁に出入りしている男がいる。ゆうべ毒島たちとラウンジにいた理事長補佐の芹沢義雄だ。芹沢は痩せた陰気な顔のせいか、後ろめたいことがありそうだ。もっともヤクザだから後ろめたいことはたくさんあるだろう。

退屈すぎてあくびを嚙み殺していると、炊田の台詞が耳に蘇った。

「羊谷課長もおまえと話したがってる。やばいことに巻きこまれてないか心配してるぞ」

かつて組対の刑事は、暴力団組員と日常的に接して情報をつかんでいたらしい。飲食をともにしたり世間話をしたり、捜査だけの関係ではなかった。

刑事のなかには個人的に組員の面倒をみて、捜査協力者《エス》に仕立てる者もいたと聞く。けれども現在はコンプライアンス遵守の傾向にあり、捜査が目的であっても暴力団関係者との接触は禁じられている。

そういう意味では、柳刃と火野の捜査方法は犯罪すれすれだ。いや、毒島組の接待を受けたり、事故車であってもマセラティを渡したりしたのだから、もう法に抵触している。下手をすれば、その場にいた自分も責任を問われるかもしれない。羊谷はそれを心配しているのだろう。

柳刃と火野が潜入捜査に長《た》けているのはたしかだが、あまりに型破りだから、このまま彼らに従っていいのか不安だった。

昼食を抜いたせいで七時になると腹が減った。またコンビニで弁当でも買おうと思って腰をあげたら、チャイムが鳴った。

インターホンのモニターに目をやると、宅配便の制服を着た若い男が大きな段ボール箱を抱えている。不審な様子はないから、はい、と応答した。

「柳刃組さんですか。冷蔵のお荷物です」

オートロックを解除すると、玄関で伝票にサインして段ボール箱を受けとった。宅配便の業者が帰ってドアが閉まった。段ボール箱を床におろして鍵をかけようとしたとき、勢いよくドアが開き、金髪の女が両腕を広げて飛びこんできた。

「サプラーイズ」

黒いタンクトップにショートパンツの女は、げらげら笑った。誰かと思ったらサラだ。正悟は狼狽しつつ、ど、どうしてここに、と訊いた。

「このビルの前まできたとき、宅配の兄ちゃんがいたから一緒に入ったの」

「いや、そういう意味じゃなくて、なぜここがわかったの」

「柳刃さんが毒島組長に名刺渡したでしょ。こっそりそれ見たら、ここの場所が書いてあったから」

「だからって、なぜここにきたの」

「あ、ちょっと待って。もうひとりいるの」

サラはドアを開けると外にむかって、入んなよ、といった。

見おぼえのある大男がのっそり顔をだした。毒島組組員の揚原直弘だ。きょうはジャージ姿の揚原は恐縮した表情で頭をさげて、

「すみません。突然お邪魔して」

「揚原くんがさあ、柳刃さんがかっこよくて痺《しび》れたんだって。だから連れてきちゃった」

「組長はいないよ。火野さん――じゃなかった、本部長とでかけてる」

「そっかあ、それは残念。でも、せっかくきたから遊んでいこう」

サラはヒールの高いサンダルを蹴飛ばすように脱ぎ、ずかずか室内に入っていく。毒島組の本部事務所と毒島の自宅を監視していたのがばれたら大変だ。正悟はあわてて応接室に駆けこむとノートパソコンを閉じた。

サラは勝手にソファにかけて脚を組み、ふーん、とつぶやいて、

「なかなかいい事務所じゃない。でも組員ってタロッチだけ？」

「こ、ここの事務所はね」

揚原は落ちつかない様子であたりを見まわしている。サラは続けて、

「タロッチ、ゆうべは大丈夫だった？　火野さんがトイレでヤキ入れたっていってたけど、その前から酔ってたでしょ」

「うん。まあ――」

正悟は口のなかでむにゃむにゃいった。ふたりを早く追いかえしたいが、うまい口実を思いつかない。ふと宅配便の段ボール箱が冷蔵だったのを思いだした。段ボール箱をキッチンに運び、蓋を開けたら食材がぎっしり入っている。それらを冷蔵庫にしまっていると揚原がそばにきて、

「手伝いましょう、先輩」

「先輩って歳じゃないよ。おれは二十七だけど、きみはいくつ？」

「二十六っす」

「じゃ、いちおう年上か」

揚原に手伝ってもらって作業を終え、応接室にもどった。

サラはソファでスマホをいじりながらタバコを吹かしている。ここは禁煙だといいたかったが、柳刃がタバコを吸っていたのを思いだした。

揚原をサラの隣にかけさせ、正悟はむかいに座った。

こんなことをしている場合ではないが、火野は今夜はもどらないといったから、まだ追いかえさなくても大丈夫だろう。

「先輩、部屋住みは大変でしょう」

「まあね」

「自分も去年まで部屋住みでしたけど、やっとひとり暮らしになったっす」

「揚原くんってネットで飯食ってんの」

とサラがいった。じゃ転売ヤーみたいなの？　と訊いたら、

「ううん。海や山から拾ってきたものとか、自分で作ったものとかネットオークションで売ってる。ぜんぜんヤクザのシノギじゃないよね」

「海や山で、なにを拾うの」

揚原は丸々した顔をほころばせて、

「きれいな貝殻とか石とか流木とかっす。あとドングリとか松ぼっくりとか」

「そんなのを誰が買うの」

「趣味で集めてるひとやハンドクラフトの素材で使うひとがいるんすよ。この前拾った石は大黒様に似てたんで五千円で売れたっす。でも、それだけじゃ生活で

きないから、自分でインテリア雑貨とかバッグとか作って――」

「たしかにヤクザがやることじゃないなあ。なんでヤクザになったの」

「この体格を見込まれて、毒島組長にスカウトされたっす。自分はその頃、ちょうど無職だったし断るのが怖かったんで――」

いまは毒島からボディーガードとして呼びだされる以外は、商売に専念しているという。暴力団組員は会社のように給料はなく、反対に上納金を納めねばならない。したがって組員は組織の威光を利用して自分で稼ぐ。しかし揚原のような商売では組に所属するメリットはなさそうだ。正悟がそれを指摘すると、

「先輩がいうとおり、メリットはないっすね。うちの会費――上納金は高いから生活はぎりぎりっす。部屋住みにもどったほうが家賃や光熱費がかからないぶん、楽なんすけど――」

「でも食事が厭なんだって」

とサラがいった。揚原によると、厨房を担当している古参の組員が食費を徴収するくせに大半をピンハネするので、食事はインスタントや激安スーパーの弁当ばかりだという。

「いまは自炊してるんで、だいぶましになったっすけど、まだ料理は上達しませ

ん。だから、ゆうべ柳刃組長が簡単なアドバイスだけで料理を美味しくするのを見て、すごく感動したっす」

ふと毒島組の様子を探っておくべきだと思って、

「毒島組長と蟹江理事長って、どんなひとなの」

「ふたりとも、めちゃくちゃ怖いっす」

揚原はおびえたように丸顔をしかめた。

「ここだけの話、組長に逆らった相手は何人も失踪してるっす。敵でも身内でも」

「失踪？　だったら警察が動くんじゃゃ——」

正悟は身を乗りだした。詳細を訊ければ捜査に役立つ。

「事件になってないから警察《サツ》は動きません」

「そりゃ、やばいな。でも理事長はやさしそうな印象だけど」

「そう見えるだけっす。理事長はもと半グレ集団のリーダーで、当時はケンカになったら釘バットを頭にフルスイングしたり、ハンマーで膝の皿を割ったりしてたって——」

「あたしが男とケンカするときは、目潰しと金的コンボ一択」

サラはソファから立ちあがると、尖ったネイルチップをつけた指で宙を突き、前蹴りのポーズをとった。サラさんはすごいっすよ、と揚原がいって、

「中国に留学してるとき、カンフー習ったって」

「え、留学はアメリカじゃないの」

「中国にも留学してたの」

サラはそういうと、こんどは鮮やかな回し蹴りを見せた。

この女とは、ぜったいケンカしたくない。そう思ったとき、玄関のドアが開く音がした。ソファから飛びあがっておろおろしていると、柳刃と火野が応接室に入ってきた。揚原は驚いた表情で立ちあがったが、サラは平気な顔だ。

火野は大股で近づいてきて、正悟の胸ぐらをつかんだ。

「なに遊んでやがるんだ、この野郎ッ」

火野は怒鳴って拳を構えた。ちょっと待って、とサラがいった。

「あたしたちが勝手に押しかけたんです。だからタロッチを――太郎ちゃんを叱らないで」

サラは毒島が持っていた名刺でこの場所を知ったことや、勝手に押しかけたことを説明した。サラさんのいうとおりです、と揚原もいい、柳刃の料理の知識に

感動したので彼女についてきたといった。

火野は拳をおろすと正悟の胸ぐらから手を放して、

「事情はわかった。こいつの対応はなってねえけど、おたくの組とはいいつきあいをしたいから、細かいことをいうのはやめとこう」

「あたしは毒島組の人間じゃないです。組長から口説かれてるだけ」

とサラがいった。急にお邪魔してすみませんでした、と揚原が頭をさげて、

「それじゃあ、そろそろ――サラさん、帰りましょう」

サラがうなずいて揚原と帰りかけたとき、待て、と柳刃がいった。

「せっかくきたんだ。飯を食っていけ」

④ 豚肉が主役。本場の味がすぐ作れる絶品レシピ

柳刃と火野はキッチンでてきぱきと料理の準備をした。和室ではサラと揚原が座卓の前に座っている。ふたりが手伝おうとしたら火野はかぶりを振って、

「客人は座ってな」

正悟は小鉢や皿をせっせと和室に運んだが、なにを作るのかわからない。

座卓のまんなかに鉄板を載せたカセットコンロが置かれている。鉄板はなぜか裏面に突起があって斜めに傾く構造だ。

カセットコンロのまわりには、小鉢や皿がいくつもならんでいる。たっぷりの

白菜キムチ、くし形に切った玉ネギ、ニンニクのスライス、白いすりゴマのかかったモヤシ、レタスに似た緑の野菜、なにかの味噌などだ。ほかにタレらしきものが入った小皿、ペッパーミル、調理バサミ、トングがある。

「なんか美味しそうな雰囲気。焼肉かな」

とサラがいった。揚原が首をかしげて、

「焼肉っぽいけど、鉄板が斜めになってるのは、どうしてっすかね」

「さあ、おれもわからない」

正悟はそういって冷蔵庫で冷やしたグラスと缶ビールを運んだ。サラが笑顔で手を叩いて、やった、ビールだ、といった。また呑めるのはうれしい反面、酔うのが怖い。

柳刃から最後に渡されたのは、五ミリほどの厚切りで細長い豚バラ肉が盛られた大皿だった。長さは十五センチ以上ありそうだが、どうやって食べるのか。

やがて柳刃と火野が和室にくるとカセットコンロに点火し、ビールで乾杯した。

柳刃はトングで豚バラ肉をつかんで斜めに傾いた鉄板の上に載せ、続いてキムチと玉ネギとニンニクのスライスを鉄板の下のほうへ置いた。キムチを焼くのは珍しい。

「肉が焼けるまで、こっちのキムチをつまんでな」

火野にそういわれて、残りのキムチを食べた。いままで食べたスーパーやコンビニのキムチより、はるかに美味しい。濃厚な旨みと鮮烈な辛みのなかに、ほどよい酸味があって白菜の食感がひきたつ。グラスのビールを空にしたい衝動をなんとか我慢したが、サラはひと息に呑み干して手酌で二杯目を注ぎ、

「このキムチ、めちゃ美味しい。どこで売ってるんですか」

「大阪の鶴橋から取り寄せた」

と柳刃が答えた。揚原は笑みを浮かべて、

「ほんとに旨いっす。ふつうのキムチと、なにがちがうんでしょう」

「まず白菜がちがう。国産の白菜は水気が多いからキムチにするとしんなりするが、これは韓国産の白菜だ。韓国の白菜は水気がすくなく、みずみずしい歯応えがある」

「たしかに、ふつうのキムチと歯応えがちがいますね」

と正悟はいった。柳刃は続けて、

「国産キムチの多くは浅漬けの漬物にすぎないが、韓国のキムチは発酵食品だ。乳酸菌による発酵を促進するためにアミエビの塩辛やイワシのエキスなどの魚醤

を使い、しっかり熟成させる。だから味に深みがでる。唐辛子も国産は辛みが強いが、韓国産は辛さだけでなく甘味がある」

柳刃は豚バラ肉をトングで裏返し、傾いた鉄板の下にあるキムチと玉ネギとニンニクもおなじようにした。キムチと玉ネギとニンニクは、豚バラ肉からでた脂でじゅわじゅわ焼けている。

「そっか。野菜を脂で焼くために鉄板が斜めなんだ」

とサラがいった。柳刃はうなずいて、

「まんなかが半球になったジンギスカン鍋とおなじ原理だ。これはサムギョプサル用の鉄板だが、ホットプレートでも皿や雑誌を敷いて斜めに傾ければいい」

「サムギョプサルって、この料理のことですか」

「ああ。サムギョプサルとは韓国語で三枚肉、つまり豚バラ肉のことだ。韓国では牛肉の焼肉よりもサムギョプサルのほうが人気がある」

柳刃はこんがり狐色になった豚バラ肉をトングでつまむと、調理バサミでひと口サイズに切りわけて、また裏返した。香ばしい脂の匂いが食欲をかきたてる。肉を焼いたあとにハサミで切るのが本場の食べかただという。

「これはブロック肉を五ミリの厚さでスライスした。それが面倒なら厚切りの豚バラ肉を買えばいい」

柳刃は肉の焼け具合を見て、ペッパーミルでブラックペッパーを振りかけ、

「肉には塩で軽く下味をつけてあるが、濃い味がよければタレ――キルムジャンにつける。そのあとサンチュに肉を載せてサムジャンをつけ、キムチと玉ネギとニンニクを好みでトッピングしたら、サンチュを巻いて食べる」

小皿に入ったキルムジャンは、ゴマ油に岩塩を多めに入れたものだという。緑の葉はサンチュ、味噌のようなものは韓国味噌のサムジャンだとわかった。

柳刃と火野は慣れた手つきで食べはじめた。残りの三人は、おなじようにしてサンチュでくるんだ豚バラ肉を口に放りこんだ。まもなくサラと揚原が感嘆の声をあげ、正悟もあまりの旨さに驚いた。

キルムジャンをつけた豚バラ肉はこってりした味わいで、焦げた脂がサクサクしている。サムジャンは甘辛くてコクがあり、さっぱりしたサンチュが最高にあう。豚の脂を吸った玉ネギとニンニクは旨みが増し、焼いたキムチの美味しさは格別だった。サラと揚原もおなじ感想で、

「キムチをそのまま食べるのとは、ぜんぜんちがう」

「生よりもマイルドだけど、深い味になってるっす」

「焼くと酸味が薄くなり、味が濃縮されるからだ。きょうは新しいキムチを使ったが、サムギョプサルには熟成が進んで酸っぱくなったキムチが適している」

と柳刃はいった。火野がモヤシを食べながら、こいつも旨えぞ、といった。

「モヤシのナムル。これだけでビールのアテになる」

さっそくモヤシのナムルを食べてみると、シャキシャキした歯応えとともに旨みのある汁がにじみでる。ゴマとニンニクの風味がきいているが、あっさりした味わいで、サムギョプサルの箸休めにぴったりだ。

簡単そうな料理なのに、どうしてこんなに旨いのか。柳刃に作りかたを訊くと、

「まずモヤシを洗ってヒゲ根をとり、熱湯でさっと茹でる。そのあとザルにあげて粗熱がとれたら、布巾でよく水気を切ってボウルに入れ、塩を少々、鶏ガラスープの素を一、おろしニンニクを一、ゴマ油を二の割合であえる。最後にすりゴマをかけて完成だ」

「すごい。ゆうべも感心したけど、柳刃組長ってマジで料理にくわしいんですね」

とサラがいった。へへへ、と火野が笑って、

「兄貴はよくこういうんだ。おれたちの稼業はいつくたばるかわからない。だか

ら、いいかげんなものは食いたくないんだ、ってな」

「それって、すごくわかる。あたしもいつどうなるかわかんないから、食べものにもっとこだわろう」

柳刃は潜入捜査で命の危険にさらされている。そのうえ犯罪すれすれの捜査手法だから、ひとつまちがえれば刑務所行きになる。そんな緊張感が食事へのこだわりを生んでいるのかもしれない。

サムギョプサルとモヤシのナムルをたいらげて、すっかり満腹になった。ビールはひと缶で我慢したから酔ってはいない。

柳刃は立ちあがってキッチンにいった。まもなくカチンとジッポーの音がしたから、タバコを吸っているのだろう。火野は揚原と喋っている。食器をさげようと思ったらサラが隣にきて、

「ね、スマホの番号教えて」

彼女は捜査対象に近いだけに不安だが、情報収集をしたい気もして番号を交換した。すこしして柳刃がもどってくると、サラにむかって、

「さっき、いつどうなるかわからんといったな」

「はい」

「いまもあぶない橋を渡っているのか」

「ええまあ――クスリじゃないですけど」

「その橋を渡って、どこを目指す？」

サラの表情に一瞬、翳《かげ》りが走った。が、すぐ笑顔になって、

「あたし、先のことなんか、ぜんぜん考えてないんです。いまが楽しかったら、それでいいって感じ――」

「どんなことにも楽しさを見出せるのは、ひとつの才能だ。しかし苦しみを避けて通れば、ほんとうの楽しさにはめぐり会えない」

「どうしてですか。人生楽しいことばかりのほうがいいと思うけど」

「ほんとうの楽しさは、苦しみを乗り越えたところにあるからだ」

サラは不満げな表情ながらも、うなずいた。

柳刃のいうことは、ある程度わかる。つらい訓練を乗り越えて警察学校を卒業したとき、刑事任用試験や捜査専科講習に合格して刑事登用資格をもらったとき、そして刑事になったとき。あのときは心から楽しかった。

けれども当時の感激は薄れて、いまは将来への不安が心を占めている。柳刃たちとの捜査が終わって六本木署にもどったら、いったいどこへ飛ばされるのか。

「サラって子に気に入られたみてえだな。情報収集のためになかよくしろ」

サラと揚原が帰ったあと、火野がそういった。

「ただし、妙な気を起こすんじゃねえぞ」

「起こしようがありませんよ。おれは警察官なんですから」

彼女ができただけで上司への報告が必要で、身辺調査までするのが警察という組織だ。サラは前科があるうえに暴力団と密接な関係にある。そんな女性と交際しようものなら、依願退職を迫られるのがオチだ。

ただサラは、さっき柳刃の問いかけに一瞬表情を翳らせた。もしかしたらサラは揚原とおなじく、いまの状況から抜けだしたいのかもしれない。


毒島組の本部事務所に動きがあったのは、九月に入ってまもない午後だった。

ビルの前で組員が三、四人見張りに立ち、黒塗りの高級車が続々とガレージに入っていく。どうやら幹部たちが集まっているらしい。ノートパソコンのディスプレイでそれを見て、さっそくプリペイドスマホで火野に連絡すると、

「定例会の時期じゃねえから緊急の会議だな。たぶん密輸の時期が近づいてるんだろう」

柳刃と火野は、サラと揚原がきた翌朝からでかけている。

ふたりは覚醒剤が陸揚げされそうな港や海岸を調べるとともに、海上保安庁や税関と連携して情報収集を続けているという。

以前、薬物の密輸に使われるのは国際線の旅客機がおもだった。乗客を装った運び屋が体や荷物に覚醒剤を隠して国内に持ちこむが、一度に運べる量は限られている。最近はコロナ禍の影響で日本への入国がむずかしくなったから、海上からの密輸が主流になった。

海上からの密輸は大きくわけて、ふたつの手口がある。

ひとつは漁船やプレジャーボートなどの小型船舶を用いて、沖合で積荷の受け渡しをする「瀬取り」だ。船どうしは接触せず、浮き具をつけた積荷を海に投下して、あとからべつの船が回収する場合もある。

もうひとつは、コンテナに薬物を隠して輸入する手口だ。薬物は食品、酒類、家具、自動車の部品といった貨物に隠され、税関の検査をすり抜ける。毒島組もコンテナによる密輸をたくらんでいる可能性が高いから、

「シャブを隠したコンテナが見つかりしだい、ＣＣＤでやるぞ」

と柳刃はいった。

ＣＣＤとはクリーン・コントロールド・デリバリーの略で、違法な積荷を合法的なもの――たとえば覚醒剤に外見が似た岩塩などにすり替えて配達先を追跡する「泳がせ捜査」だ。

なぜその場で摘発しないかといえば、違法な薬物を発見した時点では最終的な受取人がわからないからだ。輸入手続きを代行する通関業者や書類上の輸入元が違法な薬物の存在を知らない場合もある。

したがって最終的な受取人を特定するため、現場に張り込んでコンテナの行き先を追跡する。違法な薬物は捜査機関がすでに回収していても、最終的な受取人が薬物だと認識していれば、麻薬特例法によって処罰の対象となる。

そうした知識は警察学校や刑事になる過程で教わった。実際にそんな捜査に関わるとは思っていなかっただけに興奮するが、柳刃は楽観しておらず、

「シャブが見つかるとは限らん。水際で摘発できなかったら、毒島組との取引で証拠を押さえる。こっちはクリーンじゃないおとり捜査だ」

おとり捜査には、対象者に犯罪をもちかける犯意誘発型、すでに犯意を有している対象者に犯行の機会を与える機会提供型がある。柳刃たちのおとり捜査は、毒島が取引を申しでたから機会提供型だ。

学説上、前者は捜査官が犯罪を誘発するので違法性が高く、後者はすでに犯意を持っているから適法だとされる。

しかし過去の判例では必ずしも学説どおりの判断はされておらず、日本の警察ではグレーゾーンのあつかいだ。柳刃と火野のような捜査方法は、警視庁がその存在すら秘匿する特務部だから可能なのだろう。

その日の夕方、正悟は事務所をでると、六本木署の近くにある喫茶店にむかった。まだ残暑はきびしく、街を行き交うひとびとは夏の装いだ。

ゆうべ炊田から電話があって、きょう会いたいといわれた。近日中に時間を作ると約束しただけに断りきれず、会うことになった。

「おれたちがそっちへいこうか。それとも署にくるか」

と炊田はいった。あのゴリラが事務所にきたら困るし六本木署へいくのもまずいから、炊田と食事にいったことのある古びた喫茶店で待ちあわせた。

いつもの白ジャージでいくわけにはいかないが、スーツといえば火野から押しつけられたシルバーグレーのスーツしかない。シャツは黒いドレスシャツで靴は先の尖ったエナメルだ。

店に入ると炊田と羊谷が先にきていて緊張した。

「なんだ。その格好はッ」

席につくなり、炊田が顔をゆがめて怒鳴った。

「すみません。これしかなくて」

「まあ、いいじゃないか。捜査のために着てるんだろ」

と羊谷がいった。きょうも上品なストライプのスーツで身を固めている。炊田は納得がいかないらしく舌打ちして、ところでよ、といった。

「いいかげんに捜査対象者《マルタイ》が誰か教えろ」

「前にもお話ししたとおり、口止めされてます」

「それはわかってる。誰にも喋らんから教えろ」

「――無理です。すみません」

炊田はペンと手帳を手にして、

「じゃあ、おまえに口止めしてるのは誰じゃ。いまの上司の名前は?」

「わたしからはいえません。本庁の竹炭部長に訊いてください」

「それができんから、おまえに訊いてるんだッ」

正悟は答えようがなく、うつむいた。炊田はペンと手帳をテーブルに放りだして溜息をついた。注文したコーヒーは口をつけぬまま冷めている。

「乾、気を悪くするなよ」

と羊谷がいった。

「炊田係長は、おまえの身を案じてるだけだ。そんな服装で捜査をするからには暴力団《マルビー》と接触してるんだろうが、いまどきの刑事《デカ》がやることじゃない」

「わたしもそれは感じます。でも大規模な組織犯罪を阻止するには、踏みこんだ捜査が必要な場合も――」

「本庁はそれでいいかもしれんが、警察という組織はトカゲの尻尾切りだ。いざというとき切られるのは、おまえだぞ」

「課長は、わたしにどうしろと?」

「おまえが本庁のいいようにされないよう、陰ながら協力したい。そのためには捜査対象者《マルタイ》を知っておく必要がある」

「それはありがたいですが――」

「捜査対象者《マルタイ》は毒島じゃないのか」

思わず顔をあげたら羊谷と目があった。

縁なしメガネの奥の目は柔和だが、被疑者《マルヒ》を尋問するような迫力がある。耐え

られずに目をそらしたら羊谷は微笑して、

「無理に答えなくていいが、きょうのことは本庁の奴らにいうなよ。むこうがおまえに口止めするなら、おたがいさまだ」

「わかりました」

「しかしなあ——もし捜査対象者《マルタイ》が毒島なら、六本木署のヤマだ。署長も本庁にだし抜かれるなといってる。おまえもうちの刑事《デカ》なんだから、そう思うだろ」

「はい。ただ、わたしは次の異動で飛ばされるんじゃ——」

いちばん訊きたかったことを口にした。ははは、と羊谷は笑って、

「そんなことを気にしてたのか。おまえがうちの捜査に協力すれば飛ばすどころか、希望の部署にも配置転換《はいてん》できるぞ」

捜査一課に異動できると思ったら気持が揺らいだ。けれども柳刃の顔を思い浮かべると、裏切る度胸はない。ふと炊田が席を立ってトイレにいった。

羊谷は炊田のペンを手にすると、テーブルの紙ナプキンに走り書きをして、こっちに差しだした。紙ナプキンにはスマホの番号が書かれている。

「炊田に話しにくいなら、おれに直接電話しろ」

正悟は曖昧にうなずいて、スーツの内ポケットに紙ナプキンをしまった。

⑤ スーパーの無料のアレが味の決め手、男の昼飯

喫茶店から事務所にもどってノートパソコンで監視を続けた。
七時をすぎた頃、理事長補佐の芹沢が毒島組の本部事務所に入っていき、すぐにでてきた。芹沢はスマホで誰かと喋りながら、長いあいだ路上に立っていた。怪しい雰囲気だが、柳刃たちに報告するほどではない。
きょうの夕飯は、喫茶店の帰りにコンビニで買った冷凍タコ焼と冷凍ピザだ。よくわからない取りあわせだが、羊谷からいわれたことが気になっていたのと、めぼしい弁当がなかったのとでこうなった。

タコ焼とピザをレンジで温めようかと思ったら、サラから電話があった。いま近くにいるから遊びにいってもいいかという。

「きょうラウンジのバイト休みだから、ひましてんの」

すこし迷ったが、火野になかよくしろといわれたから問題ないだろう。情報収集のためだと自分にいい聞かせて、サラを招き入れた。きょうもタンクトップにショートパンツの彼女は弾むような足どりで事務所に入ってきて、

「これお土産。一緒に食べよ」

ビニール袋を差しだした。

なかには「おつな寿司」と書かれた寿司折が入っている。蓋を開けたら奇妙ないなり寿司が入っていた。油揚げの包みかたが、ふつうとは逆の裏返しだ。

「知らないの。六本木名物、裏巻きいなり寿司」

おなじ六本木名物でも、女性ならミッドタウンやヒルズのスイーツを買ってきそうなのに好みが渋い。ちょうど空腹だったから、サラと応接室のソファでむかいあって、さっそく食べはじめた。

裏巻きいなり寿司は油揚げが甘辛く、ほのかに柚子が香るシャリとのバランスが絶妙で、伝統を感じる旨さだ。

「柳刃さんと火野さんにも食べて欲しかったけどな」

「いいよ。いつもどってくるかわかんないから」

寿司折はたちまち空になったが、満腹にはほど遠い。電子レンジで温めた冷凍タコ焼と冷凍ピザを持ってくると、サラは笑って、

「すっごい変なチョイス。いなり寿司にタコ焼にピザなんて」

「ごめん。組長みたいに料理作れないから」

「気にしないで。あたしもふだんはジャンクフードばっか」

ふたりはタコ焼とピザをつまみながら、しばらく喋った。ビールが欲しいところだが、柳刃たちの留守中に呑むのはまずい。

サラは渋谷のはずれにあるワンルームマンションで、ひとり暮らしをしているという。麻布十番のラウンジには週に二、三回バイトで出勤すると聞いて、

「ほかにはなにやってんの」

「秘密。でも聞いたら、ぶっ飛ぶよ」

「そんなふうにいわれたら、よけい知りたくなるけど」

「だめ。タロッチにいえることじゃない」

「やばいこと？」

「やばいっちゃあ、やばいね。激やば」

激やばとは、どんなことなのか。このあいだクスリはやってないといったが、もっと危険な犯罪に関わっているのかもしれない。正悟はそれが気になって、

「逮捕されるようなこと？」

サラはそれには答えず肩をすくめて、

「タロッチはどう？　やばいことやってんの」

「いや、やってない。毎日ここにいるだけだから」

「自分でシノギ見つけたりしないの」

「まあ、そのうちね」

ヤクザがらみの話を続けると、またボロがでそうになる。サラがアメリカと中国に留学したというのを思いだして理由を訊くと、

「ふつうの人生がやだったから。中学のとき、クラスのみんながおなじに見えたの。あの頃は、みんなプリクラ撮ってゲームやって部活やって受験勉強っしょ。それが悪いとは思わないけど、あたしはちがう道を歩きたかった」

サラは留学したおかげで英語と中国語が喋れるという。そんな行動力がありながら、どうして道を踏みはずしたのか。

「とにかくスリルが欲しかったのよ。いまもそうだけど」

「将来安定したいとは思わなかったんだ」

「安定？　ヤクザがそんなことという？」

「いや、おれじゃなくて。最近の若者は安定志向っていうじゃん」

「安定って、自分でそう思ってるだけじゃないの。どれだけ無難に生きてたって病気や事故に遭うし、事件に巻きこまれることだってある。だいたいさあ、人間は秒刻みで死に近づいてるんだよ。安定なんてないよ」

「まあ、そうかもしれないけど」

「コロナだってそうじゃん。めっちゃ自粛してるのに罹るひとだっている。しかも同情されるどころか、みんなにハブられる。コロナのせいで日本じゅうが不安定になった」

　だからといって犯罪に手を染める必要はない。サラは留学経験は語っても家族や過去のことになると口が重くなる。正悟も自分のことは語れないだけに、しつこくは訊けないが、本来の目的は毒島組についての情報収集だ。サラと夕飯を食べて喋っただけでは、柳刃と火野に報告できない。

「そういえば、毒島組長に口説かれてるっていってたけど――」

「なんで、そんなことが気になるの」

サラは金髪をかきあげて大きな目でこっちを見た。正悟はどきりとしつつ、

「毒島組は、うちと取引するんだろ。だから、いろいろ知っときたいと思って」

「毒島組長はぜんぜんタイプじゃないけど、すっごく嫉妬深い。きっぱり断ったら怖いから、ちょこちょこ会って適当にあしらってるの」

それよりさ、とサラはいって、

「毒島組となんの取引するのか知らないけど、関わったらやばいよ。毒島組長は自分のことをアンタッチャブルだっていってる」

「誰にも触れられないって意味?」

「うん。証拠はすべて消すから、警察《サツ》にはぜったい捕まらないって。実際、取引相手の組が検挙《あげ》られたのに毒島組長は無事にすんでる」

「じゃあ、今回の取引もそうなるってこと?」

「かもしれない。もしシャブとか拳銃《チャカ》でパクられたら、最低でも十年以上は懲役打たれるよ」

「そういうサラちゃんも売人だったくせに」

「あたしはヤクザじゃないし、量もすくないから刑は軽かった。でもヤクザがシ

ヤブや拳銃《チャカ》をあつかうのは、めちゃ刑が重くなる」

「それくらい知ってるけど、なんで心配してくれるの」

「だってタロッチは、まだ二十七じゃん。中年になるまで懲役いくのは、かわいそうだもん。それに柳刃さんと火野さんはヤクザでも、いいひとみたいだから」

「心配してくれるのはうれしいけど、サラちゃんも気をつけてね」

「うん。ありがとう」

サラは感情のこもった視線をむけてきた。彼女は派手で強気な印象だが、すなおな一面もあるように感じる。彼女をなんとかして更生させられないか。そんな思いが胸をよぎった。


翌日の昼、柳刃と火野が事務所にもどってきた。

ふたりはでかけるときはスーツだったのに、ブルーの作業着姿で白いヘルメットを持ち、火野はクーラーボックスもさげている。どこで着替えたのかわからないが、ここにはべつの活動拠点があるのかもしれない。柳刃と火野は応接室に入り、小声で立ち話をしている。

「でも兄貴、捜査協力者《エス》はもう限界だっていってますよ」

「まだだ。ぎりぎりまで探らせろ。船籍と船名が特定できたら、すぐに逃してやるといえ」

「わかりました。しかし、ひさしぶりで船に乗ったら、くたびれますね。不審な船がいるっていうから瀬取りかと思ったのに」

「瀬取りの線は薄い。やはりコンテナで陸揚げするつもりだろう」

会話からすると、船に乗って張り込みをしていたらしい。ふたりは会話を終えてスエットに着替えた。和室の座卓の前に座布団を敷き、ふたりがそこであぐらをかくと茶托に載せた茶を盆で運んだ。

ふーん、と火野がいって、

「おまえもだいぶ部屋住みっぽくなったじゃねえか」

「なりたくないですけど、がんばってます」

「兄貴分にそんな口きく部屋住みがいるか。ここがほんとの組ならタコ殴りだぞ」

「――すみません」

「おれたちが留守のあいだに、なんかあったか」

ゆうべサラが遊びにきたことを話すと、火野は横目でこっちを見て、

「あの子に妙な気起こしてねえだろうな」

「起こしてません」

正悟はむきになっていうと、

「彼女によれば、毒島は自分のことをアンタッチャブルだといってるそうです。証拠はすべて消すから警察にはぜったい捕まらないと――」

「証拠のなかには人間も含まれるんだろうな」

そこまでするのかと思ったら憤りが湧いた。火野は眉間に皺を寄せ、

「でも今回はそうはいかねえ。必ず塀のなかにぶちこんでやる」

正悟がうなずくと、柳刃がこっちを見て、

「六本木署は、なにもいってこないか」

吹田と羊谷に会ったのをいうべきか迷ったが、羊谷から口止めされている。後ろめたさを感じつつ、なにもないです、と答えた。

柳刃は特に疑う様子もなく立ちあがると、火野にむかって、

「おれがさっきいったことを捜査協力者《エス》に連絡しろ」

はい、と火野は答えてスマホを手にした。

続いて柳刃は、昼飯は食ったか、と正悟に訊いた。

「いえ、まだです」

「じゃあ、なにか作ろう。おまえも手伝え」

柳刃は火野が持ってきたクーラーボックスから、飯が入った大きなプラスチック容器をだした。けさ余分に炊いた米だという。

ふたりでキッチンにいくと、柳刃は電気ケトルで湯を沸かし米をザルにあけて水洗いしながら、玉子を三つ、ボウルで溶け、といった。

おぼつかない手つきで玉子を溶いていたら、柳刃はザルに入った飯をペーパータオルに載せて、ていねいに水気をとった。続いて鮮やかな包丁さばきで大量の青ネギをまな板で刻み、牛バラ肉をひと口大に切って鍋に入れた。

「この牛バラ肉をタレで煮る。醬油を二、酒、砂糖、みりん、水をそれぞれ一の割合で、肉がひたひたに浸かるくらい入れろ」

ガスコンロに点火して牛バラ肉を煮ると、甘い匂いが漂いはじめた。肉の色が変わったあたりで柳刃は火をトロ火にし、フライパンを強火で加熱して、牛脂をたっぷり入れた。牛脂はスーパーの精肉売場に無料で置いてあるやつだが、いったいなにを作るのか。

柳刃はフライパンに刻んだ青ネギを入れてオタマで軽く炒め、次にボウルの溶き玉子を入れた。玉子が半熟になったところで飯を入れ、塩とコショウ、うま味調味料を振るとオタマで全体を混ぜながらフライパンをあおった。

ようやくチャーハンだとわかったが、牛バラ肉はどうするのか。柳刃は冷蔵庫から紅ショウガ、食器棚からスープカップを三つだすようにいった。

「鶏ガラスープの素とゴマ油を小さじ一、醬油を小さじ二、コショウを少々、残りの青ネギをカップに入れる。湯を八分目まで注いだら、よくかき混ぜろ」

いわれたとおりにすると、たちまち中華料理店のスープの匂いがした。

柳刃はガスコンロの火を止め、チャーハンを皿に盛りつけた。そのあと鍋で煮た牛バラ肉をチャーハンのまんなかに載せ、皿の隅に紅ショウガを添えた。

「できたぞ。持っていけ」

いつのまにか火野が後ろにきていて、ふたりで料理を運んだ。

三人は座卓を囲み、いただきます、と合掌してから食べはじめた。正悟はまずスープを啜った。匂いとおなじように中華料理店の味なのに驚いて、

「あんなに簡単なのに、町中華みたいな味ですね」

「きょうは鶏ガラスープの素を使ったが、中華調味料の創味《そうみ》シャンタンや味覇《ウェイパー》があれば、もっと簡単だ。味見をしながら適量を湯で溶けば、醬油を入れなくても

町中華の味になる」

チャーハンは肉の載っていない端っこをレンゲですくって食べてみると、飯粒は熱々で旨みが濃い。青ネギは香ばしくて玉子はふっくらだ。

交番勤務の頃、冷やご飯でチャーハンを作ったら、べちゃべちゃになったが、あれとはまったく次元がちがう。

次に牛バラ肉とチャーハンを一緒に食べると、さらに別次元の旨さだった。軽く煮こんだ牛バラ肉は牛丼に似た味で、チャーハンの美味しさをひきたてる。なかでも甘辛いタレのしみた飯粒がとびきり旨い。付合せの紅ショウガで口がさっぱりして、いくらでも食べられる。スープも口なおしにちょうどよく、あッというまに食べ終えた。

キッチンで調理を見ていたのに、なぜチャーハンがこれほど旨いのかわからない。作りかたを訊けと火野に目でうながされる前に、正悟は口を開いた。

「こんなに美味しいのは、冷やご飯を水で洗ったからですか」

「旨いチャーハンのコツは、飯粒の水分をある程度飛ばすことにある。冷やご飯にはぬめりがあるから水分が飛びにくく、ダマになりやすい」

「だからだ。前に冷やご飯でチャーハン作ったら、べちゃべちゃになりました」

「冷やご飯を洗ったら、ペーパータオルでしっかり水気をとる。それが面倒なら電子レンジで加熱すれば、ほぐれやすくなる。ただ水分が飛びすぎるとパサついてしまう」

「ってことは、炊きたてのご飯のほうがチャーハンにむいてるんですか」

「炊きかたによる。チャーハンに使う場合は、水分が多すぎないよう硬めに炊く。炊いてからそれほど時間が経ってないなら、ジャーで保温した飯でもいい」

「なるほど。じゃあ牛脂で炒めたのは？」

「サラダ油は飯粒にからみにくく皿にたまるが、牛脂はよくからんで香ばしさとコクがでる。油をラードにして、肉を豚バラに変えたら肉焼飯《にくやきめし》だ」

「肉焼飯？」

「北九州の町中華で人気がある。いま食べたのとおなじように甘辛く煮た豚バラ肉をチャーハンに載せて食う」

「わ、それも旨そう。だけど、さっきのチャーハン激ウマでした。牛脂がタダっていうのもいいですよね。牛バラ肉はちょっと高いけど」

「牛バラ肉のかわりに細かく刻んだニンニクを入れ、仕上げに醬油をまわしがけしたら、ガーリックライスになる」

「すごく勉強になりました。こんど作ってみます」

ほんとかあ、と火野が疑わしげな目をこっちにむけて、

「六本木署にもどったら、飯作るひまなんかなくなるぞ」

「かもしれませんけど、いいじゃないですか。作ってみたいんですから」

「刑事《デカ》に必要なのは、洞察力と忍耐力、そして体力だ」

と柳刃がいった。

「体力を作るには運動だけじゃなく、栄養が欠かせない。外食や出来合いの食べものばかりでは栄養が偏りがちだ。すこしでも時間があるときは、自炊する習慣を持て」

「ほうら、組長も自炊しろっていってますよ。どうですか兄貴?」

「ふん。自炊するのは勝手だが、おまえは料理のセンスねえだろうな」

「センスはどうしようもないですよ。持って生まれた才能だから」

いや、ちがう、と柳刃がいった。

「料理はセンスではなく創意工夫だ。手に入れた食材や調味料を使って、どれだけ柔軟な発想ができるか。刑事《デカ》の仕事もそれが問われる」

「さっきのチャーハンもそうですよね。食材や調味料をすこし変えれば、肉焼飯

やガーリックライスになる」

「物事をいろいろな角度から見るのは大切だ。しかし安易に解釈するな。料理の好みは百人百様だし、そのときの感情によって味覚は変わる。したがって料理に正解はないが、捜査の正解はひとつだ」

「捜査の正解とは――」

「揺るぎない事実。ひとはみな先入観に囚われるが、捜査に必要なのは事実だけだ。たぶんこうだろうという思いこみや憶測が捜査の進展を阻み、はては冤罪を生む。われわれがぜったいに避けねばならんことだ」

正悟は深くうなずいた。

柳刃は席を立って窓を開けた。街の喧騒とともに外の空気が流れこんでくる。

柳刃はジッポーでタバコに火をつけると、背中をむけたまま、

「毒島組との取引はもうすぐだ。奴らを逮捕したら、ここは撤収する」

ノートパソコンのディスプレイには、毒島組の本部事務所と毒島の自宅が映っている。とっくに見飽きた景色だが、自分にできる仕事はこれしかない。

時刻は七時をまわり、青みがかった空に月がでている。外にでて新鮮な空気を

吸いたい。学生の頃のように、なにも考えずに羽を伸ばしたい。

正悟は事務用のデスクでディスプレイを見ながら、いつのまにか貧乏ゆすりをしていた。それに気づいてやめても、無意識にふたたび足が動きだす。

柳刃と火野が昼にもどってきてチャーハンを食べたのは、おとといだった。ふたりはあの日の夕方からまた外出したままで、退屈な留守番を続けている。

毒島組との取引がもうすぐだと柳刃から聞いて、焦りと不安が増した。

「もし捜査対象者《マルタイ》が毒島組なら、六本木署のヤマだ。署長も本庁にだし抜かれるなといってる」

羊谷はそういったが、柳刃と火野が毒島たちを逮捕したら本庁の手柄で、六本木署の功績にはならない。羊谷や署長の期待にそむき、捜査情報を伝えなかった自分が六本木署にもどったら確実に左遷される。

羊谷は、おまえがうちの捜査に協力すれば、希望の部署に配置転換《はいてん》できるといった。花形部署の捜査一課にいくのと左遷されるのとでは、天と地ほどのちがいがある。

毒島たちが逮捕されしだい、柳刃と火野との縁は切れる。柳刃と火野はよくしてくれるが、本庁が存在を秘匿する部署の捜査官だから、今後のつきあいはないだろう。自分の将来を犠牲にしてまで、ふたりに義理立てするのか。そんな疑問が湧いてくる。

　それからもうひとつ、サラの今後が気になる。このまま毒島組と関わっていたら、また道を踏みはずす。捜査に感情移入は禁物だが、サラが更生を望むなら力になりたい。いちばん心配なのは、今回の逮捕劇に彼女が巻きこまれることだ。

「だってタロッチは、まだ二十七じゃん。中年になるまで懲役いくのは、かわいそうだもん」

　サラはそういって心配してくれたが、こっちもおなじ気持だ。彼女が毒島たちとともに逮捕されたら、いたたまれない。

　サラが逮捕されなくても、証拠はすべて消すという毒島が怖い。毒島に逆らった相手は何人も失踪していると揚原はいった。

　サラは毒島から執着されているだけに危険を感じる。ここが撤収される前に、毒島や毒島組と縁を切らせたい。そのためには早く彼女を説得すべきだ。

　思いきって電話をかけると、すぐにつながった。

　ハロー、とサラは能天気な声をあげて、

「どうしたのタロッチ。あたしに会いたくなった？」

「まあね」

「なにがまあね、よ。会いたいなら会いたいっていいな」

「——会いたい」

「よーし。じゃ、そっちにいくよ」

サラは一時間後にくることになった。

「お腹減ってない？　なんか買っていこうか」

「大丈夫。おれがなんか作るよ」

「マジで。すっごい楽しみ」

もし柳刃と火野がもどってきたら情報収集のために呼んだというつもりだ。とはいえ彼女がいるあいだは、なるべくもどって欲しくない。

正悟はそわそわして室内を歩きまわった。おれがなんか作るよ。なぜ、そんなことをいったのか自分でもよくわからない。サラを喜ばせたかったのもあるし、柳刃のまねがしたかった気もする。

いずれにせよ早くなにか作らねばならないが、なにを作ればいいのか。キッチンに調味料は山ほどあり、冷蔵庫のなかは食材でいっぱいだ。にもかかわらず、アイデアはぜんぜん浮かばない。

サラは中国に留学していたから中華料理はどうだろう。中華なら柳刃に教わった牛肉のチャーハンとスープがある。けれどもチャーハンをうまく作れる自信がない。以前のようにべちゃべちゃになったら最悪だ。

そういえば、サラはアメリカにも留学していた。アメリカといえばハンバーガーだ。ハンバーガーならバンズさえあれば、出来合いのハンバーグを焼いてチーズやトマトやレタスをはさめばいい。

時計を見たら、サラがくるまでに五十分しかない。大急ぎで事務所をでると、いちばん近いスーパーに駆けこんだ。

あまり売ってなさそうなハンバーガーのバンズは四個入りの袋があったのに、どういうわけか出来合いのハンバーグがない。湯煎やレンチンで作れるレトルトのハンバーグはあるが、手作り感に欠ける。

悩んだ末に牛挽肉でパティを作ることにした。量がわからないから大量に買ったが、ネットでレシピを見ればどうにかなるだろう。あとはトマトにレタス、スライスしたチェダーチーズ、ポテトチップス、コーラを買って事務所にもどった。

そのときになってホッドッグなら簡単だったと思ったが、もう遅い。

残り時間は、あと三十分。正悟はキッチンに立って、スマホでパティのレシピを検索した。パティは挽肉を練って焼くだけだと思っていた。ところが、やたらとむずかしいレシピが多い。

挽肉に混ぜる材料だけでも牛乳、パン粉、ナツメグ、薄力粉、溶き玉子、サラダ油、塩、コショウと数が多くて頭が痛くなる。さらに挽肉は脂が溶けないよう氷でボウルを冷やしながら練るとか、氷を入れて素手で練るとか、素手でなく木べらで練るとか、そもそも練ってはだめだとか、さまざまな意見がある。

どれにすべきか悩んでいたら、チャイムが鳴った。まさかと思いつつインターホンのモニターを見ると、サラだった。正悟は溜息をこらえて、

「もう着いたの」

「うん。タクシー乗ったら、すぐだった」

こうなるとサラを待たせて、そのあいだに作るしかない。今夜の彼女はタイトなTシャツにスキニージーンズだ。

サラを応接室のソファに座らせ、グラスに注いだコーラを持っていき、ちょっと待っててね、といった。キッチンにもどりパティを焼く準備をしようとしたとき、またチャイムが鳴った。

「ああ、もう――」

柳刃たちか、それとも宅配便か。いらつきながらインターホンのモニターを見たが、誰もいない。妙に思って通話ボタンを押し、はい、と返事をした。

次の瞬間、センター分けの男が横からでてきて、

「やあどうも。毒島組の蟹江だけど」

明るい声で微笑した。

「たまたま近くまできたから寄ったんだ。入れてもらえる？」

蟹江の隣に色白で筋張った顔の男がいる。毒島組組長の毒島誠だ。

正悟は戦慄してサラに目をやった。サラも異変に気づいたようで、こっちを見ている。彼女を逃そうにも裏口はないし、ここは四階だ。チャイムを無視すればよかったが、うっかり応答してしまったから居留守は使えない。

「く、組長と本部長はでかけてます。い、いつ帰るかわかりませんが――」

狼狽しつつそういうと、蟹江はかすかに眉を寄せて、

「いいから早く入れてよ」

「わ、わかりました。すぐ開けます」

毒島と蟹江の来訪を拒む理由を思いつかない。このまま外で待たせれば、ふたりは機嫌を損ねて取引に影響がでるだろう。

正悟はビルの入口のロックを解除すると、サラに駆け寄って、

「やばい。毒島組長と理事長がくる」

「マジで？　どうしよう」

さすがのサラもうろたえている。

「きょうラウンジのバイト、ずる休みしたの。ここにいるのがばれたら、組長に殺されちゃう」

毒島と蟹江はもうエレベーターに乗った頃だ。いますぐサラをどこかに隠れさせねばならない。毒島と蟹江は応接室で相手をするから和室がいい。

「和室に隠れてて。組長たちはなるべく早く帰すから」

「わかった」

サラは上がり框でサンダルを脱ぎ、それを持ってすばやく和室に入った。同時に玄関のチャイムが鳴った。正悟は玄関にむかいかけたが、応接室のテーブルに飲みかけのコーラがあるのに気づいて、キッチンに持っていった。

「すみません。お待たせしました」

玄関の施錠を解くと、ドアを開けて一礼した。

毒島と蟹江は肩を怒らせ、無言で入ってきた。応接室のソファにかけようとも

せず、探るような目つきで室内を見まわしている。

「当番はおまえだけか」

蟹江が訊いた。当番とは事務所当番のことだから、はい、と答えて、

「どうぞ、おかけください」

ソファを手で示したら、毒島が和室の入口を顎でしゃくって、

「そっちにはなにがある」

「――和室です」

「なら、そっちにいこう。おれは畳のほうがくつろげるんだ」

よりによって、なぜそっちにいく。腋の下を冷たい汗が流れたが、断るわけにはいかない。和室の上がり框でスリッパを脱ぐと、サラに危険を察知させるため、

「そ、それでは、お席をご用意しますので――」

大声をあげて戸襖を開けた。幸いサラの姿はない。

座卓の前に急いで座布団を敷いたら、毒島と蟹江はもう和室に入ってきた。ふたりを席に案内したあとキッチンで茶をいれ、おしぼりを用意した。キッチンにもサラはいないが、どこに隠れたのか。

正悟はふたりに茶とおしぼりをだし、入口のそばで膝をそろえてかしこまった。

柳刃か火野に連絡したいが、この場を離れるのも危険だ。

毒島は座布団をじろじろ見てから、ふうむ、といった。

「若いのに作法をわかってるじゃねえか」

「ありがとうございます」

「筋者には見えねえツラだから、はじめは警察《サツ》のイヌかと思ったぜ」

「そんな――」

「冗談だよ」

毒島は薄い唇を曲げて笑ったが、目は笑っていない。思わず顔が引き攣った。

「おれは用心深い性格でな。取引先の組には、こうして足を運ぶんだ」

正悟はうなずいた。ところで、と毒島はいって、

「このあいだ、うちの揚原とサラが邪魔したそうだな」

「はい」

「それからサラはここへきてねえか」

「――きてません」

「おかしいな。このへんで、あいつを見たって奴がいるんだが」

「い、いつ頃でしょうか」

「ついさっきだ」

毒島は蛇のような三白眼でこっちを見た。必死で平静を装っていたら、組長《おやじ》、と蟹江がいって、

「サラはきょう、具合が悪いといって店を休んでます」

「ほう。ますます怪しいな」

毒島の突き刺すような視線に脂汗がにじむ。このまま黙っていては疑われるばかりだ。こんなとき本物のヤクザなら、どうするだろう。あるいは柳刃なら、どうするだろう。そう考えたら、いちかばちかの覚悟が決まった。

正悟は腹に力をこめると、毒島の目をまっすぐ見返して、

「わたしをお疑いなら事務所のなかをお調べになっては――」

よし、と毒島はいって勢いよく立ちあがり、蟹江も腰をあげた。もうだめだ。サラがどこに隠れていようと見つかってしまう。そう思ったが、毒島は笑みを浮かべて、邪魔したな、といった。

「組長の留守に家探《や》しなんかさせたら、おまえの指が飛ぶぜ」

胸のなかで安堵の息を吐きながらエレベーターで一階におり、毒島と蟹江を外まで見送った。ビルの前には毒島のベントレーが停まっていた。

運転席から揚原がおりてきて、後部座席のドアを開けた。揚原はこっちをちらりと見て会釈した。毒島はベントレーに乗りこんで、

「柳刃組長によろしくな」

正悟はテールライトが見えなくなるまで頭をさげた。ふう、あぶなかった。大きく息を吐いて事務所にもどったら、柳刃と火野が応接室にいて仰天した。

「ど、どうやってここに？　エレベーターには誰も――」

階段さ、と火野がいった。

「健康のためにな」

「さ、さっきまで毒島組長と蟹江理事長がきてて――」

「んなこたあ、わかってる。静かにしろィ」

火野は声をひそめていった。火野はトランシーバーのような装置を持っていて、室内のあちこちにアンテナをむけている。毒島たちが事務所にきたから、盗聴器や隠しカメラが仕掛けられていないか調べているらしい。

柳刃は鋭い目で応接室を見まわしている。サラのことをいつ切りだそうか迷っていたら、柳刃がソファに顔を寄せて、

「ほかにも誰かいるな」

⑥ 練らずこねずツナギなし。これがザ・アメリカン

四人は和室の座卓を囲んで腰をおろした。

サラは和室の押入れに隠れていた。彼女ははにかみながら押入れからでてくると、柳刃と火野に事情を説明した。

「タロッチが――太郎ちゃんが、わたしをお疑いなら事務所のなかをお調べになっては、っていったときは心臓が止まりそうでした」

「ごめん。ああいわなきゃ、もっと疑われると思ったから」

おまえにしちゃあ、よくやったな、と火野がいった。

「でもマジで調べられたら、どうするつもりだった?」

「調べないほうに賭けたというか――」

いざというときは、なりふりかまわず柳刃か六本木署に助けを求めたとはいえなかった。それで助けられても捜査は台なしになっただろう。

サラは正悟から電話があったことはいわず、自分から遊びにきたといった。そんな気遣いをしてくれたのがうれしい。

「サラがきてるって、どうしてわかったんですか」

柳刃に訊いたら、香水だ、と答えた。さっきソファに顔を寄せた理由はそれだったのだ。鋭い観察力に驚いていると、柳刃はキッチンを顎でしゃくって、

「ハンバーガーを作ろうとしたのか」

「はい、アメリカ風のやつを。でもネットでレシピを見たら、パティがむずかしいんです。牛乳とかパン粉とかナツメグとか薄力粉とか、たくさん入れるものがあって――」

「そんなものはいらん」

柳刃は立ちあがると、洗面所で丹念に手を洗いキッチンにいった。正悟も手を洗ってから、あとを追った。

柳刃は玉ネギを冷蔵庫からだし、すごい勢いでみじん切りにすると水にさらした。そのあとパックからだした牛挽肉をボウルにあけ、塩とブラックペッパーを多めに振った。続いて全体を混ぜたと思ったら、それを掌にとりパティの形を作りはじめた。牛挽肉を練らないのか訊いたら、

「練ったりこねたりせず、挽肉を丸めて軽く空気を抜けばいい。あとは平らに形を整える」

「それだけでいいんですか」

「アメリカにハンバーガーはあるが、ハンバーグはない。ハンバーグは和製英語で、パン粉や玉子などツナギを入れるのも日本だけだ」

「そんな――アメリカにハンバーグがないなんて」

「日本ではハンバーグをおかずに飯を食うが、アメリカにそういう習慣はない。パティをパンにはさんで食べる。つまりハンバーガーかサンドイッチだ」

「いままで知りませんでした」

「挽肉だけのパティは焼くと縮むから、バンズより大きめに作るのがコツだ」

柳刃が作ったパティは、たしかに厚みがあって大きい。バンズはどうするのか訊いたら、横半分に切ってオーブントースターで軽くトーストしろという。

その作業にかかっていると、柳刃は四つのパティを薄く油をひいたフライパンで焼きはじめた。すごく簡単ですね、といったら、

「ハンバーガー用のミートプレスがあれば、もっと早い。挽肉を円形の型に入れ、蓋で上から押すだけでパティができる」

ハンバーガー用のミートプレスは、通販サイトで千円前後で買えるらしい。

「次は玉ネギの水気を切って、ペーパータオルで拭け」

バンズをトーストしているあいだも指示が飛ぶ。

柳刃はトマトとレタスを水洗いしてからトマトを輪切りにし、レタスは手でちぎった。続いてトーストしたバンズにマスタードをたっぷり塗り、レタスとトマトを載せると瓶入りのマヨネーズをかけた。マスタードを塗るのは味のためだけでなく、野菜の水気でバンズがふやけるのを防ぐという。

柳刃はそんな作業の合間に、こんがり焼けたパティにチェダーチーズを二枚も載せた。パティはまだフライパンの上だ。

「フライパンからだしてチーズを載せるとパティが冷めるし、チーズも溶けにくい。だから、こうして余熱で溶かす」

チェダーチーズが溶けはじめると、柳刃はパティをレタスとトマトに重ね、ケ

チャップをかけた。みじん切りにした玉ネギをその上に載せてバンズではさむと、分厚いハンバーガーが完成した。

ポテトチップスとコーラを添えて和室に持っていったら、

「うわ、美味しそー」

サラが歓声をあげた。火野がごくりと喉を鳴らして、

「これ、ぜったい旨いやつだ」

どこかで聞いた台詞を口にした。

いただきます。合掌してからハンバーガーにかぶりついたら、パティから熱い肉汁がほとばしった。味付けは塩とブラックペッパーだけなのに濃厚な肉の旨みがあってパンチがきいている。

そこにジューシーなトマトの甘み、フレッシュなレタスの歯応え、チェダーチーズの芳醇なコク、玉ネギのほどよい辛みが加わり、それらが混然となった味わいをマスタードとマヨネーズとケチャップがひきたてる。

ファストフードのハンバーガーは好物だが、これはパティのインパクトがちがう。焼きたての肉を食べているという満足感がある。

ロスの屋台で食べたのとそっくり、とサラがいった。

「でも材料はタロッチが買ってきたんだよね」

「うん。玉ネギはちがうけど、ほかはそう」

「じゃあ、どうやったら、こんな味に?」

サラは訊くべきことを訊いてくれた。まず調味料だ、と柳刃はいった。

「マスタードはフレンチ、ケチャップはハインツ、マヨネーズはベストフーズのリアルマヨネーズを使った。どれもアメリカ産だ」

フレンチなのにアメリカ? とサラが訊いた。

「フレンチというブランドで、アメリカではポピュラーだ。これにすこし蜂蜜を混ぜるとチキンナゲットのソースになる」

「わ、ナゲットも食べたーい」

「ハインツは、いうまでもなくアメリカを代表するケチャップだ。原材料にニンニクを使っているからスパイシーでキレがある。リアルマヨネーズは酸味がすくなくまろやかで、たっぷり使っても食材の味を邪魔しない。ヘルマンというブランドも、ほぼおなじ味つけのリアルマヨネーズを売っている」

「調味料がアメリカ産だから、アメリカっぽい味なんだ」

正悟は残りすくなくなったハンバーガーを大事に食べながら、

「パティは塩とブラックペッパーしか使ってないのに、パンチのある味ですね」

「塩はガーリックソルトを使った。パティのコツは焼きすぎないことだ。パティに火を通しすぎるとパサパサになってしまう。きょうは牛挽肉だったが、ロースやカルビやモモ肉を細かく刻んでパティにすると、もっとワイルドな味になる」

途中で火野がポテトチップスの袋を持ってキッチンにいき、一分くらいでもどってきた。ポテトチップスは皿に盛られ、粉状のものが振りかけてある。

「食ってみな」

火野にいわれてつまんでみたら、揚げたてのような食感でチーズの味がする。

「旨いですよ、これ」

「マジ美味しい。どうやったんですか」

正悟とサラが口々にそういうと、火野は眉間に皺を寄せ、

「まずポテチの袋を開けて、粉チーズをたっぷりかける。袋の口を両手で押さえてシャカシャカ振って全体を混ぜあわせたら、ポテチを耐熱皿に載せ、ラップをかけずに三、四十秒ほど温めるだけだ」

すごい。柳刃組長みたい、とサラがいった。へへへ、と火野は相好を崩して、

「ネットで見たレシピをアレンジしたのさ」

毒島たちがいたときは生きた心地がしなかったのに、いまはすっかりくつろいでいる。そんな自分は緊張感が欠けているのかもしれない。

食事を終えたあと、柳刃はサラにむかって、

「毒島組長が捜してたんだろう。連絡しないでいいのか」

「したほうがいいんですけど、めっちゃ怒ってそうだから――」

サラはスマホを手にして画面を見ると、やばい、といった。

「何回も着信きてる。もう帰んなきゃ」

よけいなお世話だが、と火野がいった。

「そんなに厭なら、会わないほうがいいんじゃねえか」

「そうしたいけど、いまはまだ無理です」

「呑気に構えてると、やべえことに巻きこまれるぞ」

「でも柳刃組は毒島組と取引するんですよね。さっきも押入れで聞いてたけど、毒島組長がいってました。取引先の組にはこうして足を運ぶって」

火野がちらりと柳刃の顔を見た。

「気をつけて帰れ」

柳刃は無表情でいった。

「誰かに見張られてはいないと思うが、用心したほうがいい」

「わかりました。ありがとうございます」

サラは立ちあがって一礼した。柳刃はうなずいて、こっちを見ると、

「途中まで送っていけ」


ビルの入口をでると、涼しい夜風が吹いてきた。

正悟は身構えつつあたりを見まわしたが、不審な気配はない。暗い通りに足を踏みだしたら、サラが腕をからめてきた。正悟は思わず身を硬くして、

「やばいよ。誰か見てるかも」

「平気。誰もいないじゃん」

「おれ、こんなジャージだし」

「あたしだってTシャツにジーパンよ」

「でも、このスニーカー見てよ。アディダスじゃなくてアディオス。もうひとつ事務所にあるのはナイキじゃなくてナマイキだよ」

「なにそれ。笑える」

「火野さんがネット通販で適当に買ったら、パチモンが届いたみたい」

ふたりは別れを惜しむように、ゆっくりと歩いた。

しかし、のんびりしてはいられない。サラを今夜呼びだしたのは、毒島組と縁を切らせるためだ。正悟は深呼吸をしてから、

「さっき火野さんもいってたけど、毒島組長には会わないほうがいいよ」

「わかってる。タイミングをみて、そうするつもり。ただタロッチにもお願いがあるの」

「なに?」

「毒島組との取引には、関わらないって約束して」

「――うん」

正悟は歯切れ悪く答えた。

「ほんとは柳刃さんや火野さんにも関わって欲しくないけど、それは無理っぽいから。せめてタロッチには無事でいて欲しいの」

「わかった」

ふたりはそれから無言で歩いた。毒島組との取引には関わらないが、捜査は続けるしかない。自分の身を案じてくれるサラに嘘をつくのがつらかった。

大通りにでたところでサラがタクシーを停めた。

「じゃ帰るね。また連絡する」

彼女は正悟の首に腕をまわすと、頰にキスして車に乗りこんだ。


翌日は朝から雨が降っていた。

毒島組の本部事務所と毒島の自宅も雨に煙《けむ》って視界が悪い。理事長補佐の芹沢が、きょうも本部事務所を頻繁に出入りしている。傘もささずにずぶ濡れで、ときおりビルの軒下でタバコを吸う。ヤクザの幹部も楽ではなさそうだ。

正悟はデスクに両肘をつき、ノートパソコンのディスプレイを見ている。

柳刃と火野は、まだ暗いうちから東京港へでかけていった。近日中に入港する貨物船に覚醒剤が積まれている可能性が高いらしい。いつも料理にこだわる柳刃が朝食もとらなかっただけに確度の高い情報なのだろう。

ゆうべサラを送ったあと事務所にもどると、柳刃と火野は応接室のソファにかけ、なにか話しあっていた。テーブルには都内とその周辺の地図が広げられている。正悟は会話が途切れるのを待って口をはさんだ。

「あの、今回の捜査でサラが逮捕される可能性はありますか」

火野がじろりとこっちを見て、んなことあ、わからねえ、といった。

「そのときの状況しだいよ」

「なんとかして逃してやりたいんですが――」

「おまえ、やっぱりあの子に気があるんだな」

「そんなんじゃないです」

「嘘つけ。顔にそう書いてあるぞ。捜査に私情をはさむなって上司に教わらなかったか」

「それはわかってます。でも火野さんだって、サラに毒島と会わないほうがいいっていったじゃないですか」

「ああ。でもそれは最終的に、あの子が決めることよ。おれたちがとやかくいうことじゃねえ」

「おれたち警察官は、犯罪に関わりそうなひとたちをサポートするのも仕事だと思いますけど」

たしかにそうだ、と柳刃がいった。

「しかし、その人物がすでに犯罪に手を染めていたら、どうする。相手によっては見逃すのか」

「それは――」

「おまえが首を突っこんでるのは、一般的な常識や倫理観が通じない世界だ。すべてを疑ってかかれ」

「サラも疑えってことですね」

「おまえ自身もだ」

「えッ」

「月並みな人間は失敗したり苦境に陥ったりすると、原因を転嫁する。他人が悪い、社会が悪い、政府が悪い。そのせいでこうなったと正当化して、自分の非を疑わない」

いわれてみれば西氷潤の尾行に失敗したとき、必ずしも自分の行動がまちがっていたとは思わなかった。尾行の邪魔をした西氷のファンが悪い。尾行を命じた炊田や上司が悪い。胸のなかではそう考えていた。

「常に自分が正しいと思う者に成長はない」

と柳刃はいった。

「竹に節目があるように、人間は失敗を認めることで伸びていく。自分を信じることは大事だが、正しさを盲信するな」

「でも――でも警察官は正義の味方ですよね」

「そうありたい。だが国や思想や宗教によって正義は変わる。戦争は悪だとされているが、それを起こした民族や国家にとっては正義のための戦いだ」

「じゃあ、絶対的な正義はないってことですか」

「それを信じる者にはある。映画やドラマやアニメのなかにもあるだろう。ひとはみな絶対的な正義になりたがる。絶対的な悪を叩きのめすのは心地いいからな。しかし異なる考えを持つ者が、それを押しつけられるのは弾圧に等しい」

柳刃のいうことは一理あるが、いまひとつ納得できずに考えこんでいたら、

「世の中なにが正しいのか、むずかしいよな」

と火野がいった。

「ただ兄貴とおれの考えは、あれさ」

火野は柳刃のデスクのむこうの巨大な額を顎で示した。

額のなかには「任侠」と大書した筆文字がある。正悟は首をかしげて、

「任侠ってヤクザみたいじゃないですか」

「任侠ってのは、ヤクザじゃなくて生きかたよ」

「生きかた？」

「てめえで考えろ」

「はあ――ところで、この額って大きすぎませんか」

「ちゃんと意味があるんだよ。兄貴とおれは話があるから黙ってろ」

会話はそこで終わった。

任俠とはなにかネットの辞書で調べてみたら、弱きを助け強きをくじく気性《きしよう》に富むこと、とある。それなら正義の味方と大差ない気もするが、柳刃と火野はきっとちがうというのだろう。

いずれにせよ、いまの自分にとって気がかりなのはサラだ。サラには毒島組と縁を切って、堅気の道を歩いて欲しい。もっとも彼女に対する思いは、それだけではない。本音をいえば火野に指摘されたとおり、友人以上の好意を持っている。サラは夜の商売だから、腕を組んだり頰にキスしたりは単なるスキンシップだろう。サラに好かれていると思うほどうぬぼれてはいないが、一緒にいると胸がときめく。彼女のことをもっと知りたい。もっと一緒にすごしたい。

けれども、ふたりの関係は発展しようがない。サラがふつうの生活にもどっても、暴力団の密接交際者という過去や彼女の前科は消せない。自分が警察官である限り、交際は不可能だ。

「でも、おれが警察官でなくなったら――」

正悟は危険な思いつきを遠ざけて、深い溜息をついた。

夜になっても雨は降り続いていた。

ノートパソコンに表示されている時刻は七時をまわった。柳刃と火野はまだ帰ってこない。正悟はコンビニのブリトーをぱくつきながら、街頭防犯カメラの映像を見つめている。

一時間ほど前、毒島組の本部事務所に毒島のベントレーや幹部の車が入っていったから、プリペイドスマホで火野にメールを送った。いつも落ちつきのない芹沢が、いま本部事務所から急ぎ足ででていった。

きょうの動きはそのくらいで、あいかわらず退屈だ。ふと気づくとまた貧乏ゆすりをしているが、監視が退屈なのと裏腹に心はざわついている。

朝からずっとサラのことが頭を離れない。もし今夜にでも毒島たちが逮捕され、彼女が巻き添えを食ったらと思うと気が気でない。そのせいで食欲は湧かず、ブリトーがきょうはじめての食事だ。ゆうべのハンバーガーがあんなに旨かったのは柳刃の腕だけではなく、サラが一緒にいたからだろう。

味気ない食事を終えてから、スマホを手にした。毒島はサラに怒っていたらしいが、あれから大丈夫だったのか。しつこく電話すると嫌われそうだから迷っていると、スマホが鳴った。サラかと思ったら炊田だ。

「よう、元気にしてるか」

炊田は珍しく静かな口調でいった。

「ふつうです」

「羊谷課長が残念がってたわ。おまえから連絡がないって」

「——すみません」

「おれも残念だけど、おまえは本庁についたってことだな」

「いえ、そういう意味では——」

「もうすぐ十月異動の内示がでる。うちにもどってくる気があるなら、いまのうちだぞ」

電話を切ったあと、ゆうべから何度目かわからない溜息が漏れた。

もうすぐ十月異動の内示がでる——つまり今後の処遇が決まるということだ。羊谷に捜査情報を伝えれば左遷はまぬがれる。炊田は暗にそういっている。

柳刃たちとは今回の捜査が終わるまでの関係だ。自分の将来を犠牲にしてまで、ふたりに義理立てするのか。つい最近もそう考えたが、柳刃と火野を裏切るのは心苦しい。どうすればいいのか、いまだに結論はでない。

炊田のせいでサラに電話しそびれた。ふたたびスマホを手にしたら、インターホンのチャイムが鳴った。舌打ちをしてモニターを見たとたん、ぎょっとした。モニターに映っていたのは芹沢だった。すこし前に毒島組の本部事務所をでていった芹沢がなぜここへきたのか。芹沢はおびえた表情で背後を何度も振りかえっている。ふだんから痩せて陰気な顔が、雨に濡れていっそう不気味だ。

怖くて無視したが、芹沢は帰ろうとせずチャイムは鳴り続ける。うっかり応答したら居留守が使えない。火野に電話して芹沢がきているといったら、

「入れてやれ。そいつは捜査協力者《エス》だ」

「えッ」

「おれたちはすぐもどるから、そこで待つようにいえ」

オートロックを解除すると、芹沢はよろめきながら事務所に入ってきた。芹沢は荒い息を吐きながらソファにかけると、放心したようにうなだれた。

まさか毒島組の理事長補佐が捜査協力者《エス》とは思わなかった。芹沢とは麻布十番のラウンジで顔をあわせたが、会話したことはない。あとは街頭防犯カメラの映像で、落ちつきのない姿を見ただけだ。いつも落ちつきがなかったのは、

捜査協力者《エス》という立場のせいだろう。

どう対応すべきか迷いつつ、なにか飲むかと訊いたら、

「水をくれ」

芹沢はかすれた声でいった。ミネラルウォーターとグラスを持っていくと、ペットボトルをラッパ飲みして、またうなだれた。

それから十分ほどして柳刃と火野がもどってきた。芹沢はわれにかえったように、ようやく顔をあげた。火野は険しい表情で、

「ここにはくるなといっただろうが。どうしておれに連絡しねえんだ」

「すまない。逃げる途中でスマホを捨てちまったから――」

「ってことは、ばれたのか」

「おれが捜査協力者《エス》なのは、まだばれてない。でも組長と理事長の話を盗み聞きしてるところを見つかって――」

ふたりに問いつめられたので、隙を見て逃げだしたといった。だから芹沢は毒島組の本部事務所を急ぎ足ででていったのだ。それで、と火野はいって、

「毒島と蟹江はなにを話してた?」

「きのうシャブが陸揚げされたと――」

「なんだとッ。どこの船だッ」

火野が声を荒らげ、柳刃の目が一段と鋭くなった。

芹沢によると、問題の船は青海コンテナ埠頭に着岸した中国広東省の貨物船で、コンテナに積載した工作機械に覚醒剤が隠されていた。コンテナは税関のエックス線検査を通過し、きょうの夕方、品川の貸倉庫に運ばれたという。

火野は溜息とともに肩を落として、

「シャブの量は？」

「二トンだといってた」

正悟は息を吞んだ。二トンといえば昨年の年間押収量に匹敵する。一度の密輸量としては過去最大だ。ちくしょうッ、と火野は叫んで、

「末端価格で千二百億を超えるな。その貸倉庫の名前と場所は？」

芹沢はそれを口にしてから、助けてくれ、といった。

「もう毒島組の連中が街を張ってて、身動きがとれん」

「わかった。おまえは身を隠せ。いざというときは証言を頼むぞ」

柳刃はそういうと、自分のデスクから分厚い封筒をだして芹沢に渡した。

「これは当座の逃走資金だ。いままでの協力に感謝する」

芹沢は頭をさげて封筒を受けとった。柳刃はこっちをむいて、

「おれたちは、いまから品川へいく。おまえは芹沢を逃してやれ」

カローラは雨のアクアブリッジを走っている。

フロントガラスに降りつける雨滴をワイパーが気ぜわしく掃いていく。六本木署では内勤ばかりだったから、ハンドルを握るのはひさしぶりだ。

正悟は飛ばしながらも慎重に運転した。ルームミラーに目をやると、芹沢は沈みこむような姿勢で後部座席にかけている。都内を走っているときはともかく、すでに東京を離れたし尾行の気配はないが、まだ心配なのだろう。

「ひとまず木更津へいってくれ」

芹沢は車に乗りこんだとき、そういったきり黙っている。

六本木から芝浦方面へむかい品川と川崎を通過して、東京湾アクアラインに入った。東京湾アクアラインは東京湾を横断し、神奈川県川崎市から千葉県木更津市に至る全長十五・一キロの高速道路だ。川崎側から九・六キロはアクアトンネルという海底トンネル、木更津側は四・四キロのアクアブリッジで海上を走る。

アクアブリッジの両側に広がる暗い海は、風にうねって不穏な雰囲気だ。柳刃

と火野は品川の貸倉庫に急行したが、コンテナは見つかったのか。

正悟は沈黙に耐えられなくなって背後に声をかけた。

「ここまでくれば、もう大丈夫ですよ」

「――ああ、すまない」

芹沢はシートに座りなおすと、大きく息を吐いて、

「あんたも潜入捜査官かい」

「いえ、ちがいます」

「でも警官なんだろ」

「ええまあ――」

「大変だな。おれみたいなヤクザくずれの面倒までみて」

芹沢は窓をすこし開け、タバコに火をつけた。窓の隙間から風雨の音が響く。

「ヤクザになって、どのくらい経つんですか」

「盃もらったのが十八のときだから、もう二十年よ。そのうち四年は懲役打たれてムショ暮らしだった」

芹沢はギャンブルが専門で、裏カジノと闇スロット店で捕まったという。

「どうしてヤクザになろうと?」

「おれは家が貧乏だったし、いいかっこしたかったからな。毒島の先代の頃はよかったが、いまはもうヤクザで食える時代じゃねえ」

「柳刃さんたちとは、どこで知りあったんですか」

「赤坂。おれはもう足を洗いたかったけど、毒島組長が堅気になるなら三千万よこせっていう。その金を作ろうと思って、また裏カジノをはじめたんだ」

半年ほど前の夜、芹沢は赤坂の路上で、敵対組織の組員たちとトラブルになった。さんざん暴行を受けて拉致されかけたとき、柳刃と火野に助けられた。

ふたりをヤクザだと思った芹沢は礼をいって自分の裏カジノに案内したが、そこで身分を明かされた。

「潜入捜査官だっていうから、ぶったまげたぜ」

芹沢は賭博場開帳等図利罪での逮捕を見送るかわり、捜査への協力を約束させられた。それから芹沢は、毒島組の情報を柳刃たちに流していたという。

「おれは義理と人情にあこがれてこの世界に入ったけど、いまの毒島組は幹部から下っぱまで金の亡者さ。毒島組長は金のためなら、たとえ警察が相手でも遠慮しねえ。あんたも気をつけな」

芹沢はまだやりなおしがきく年齢だし、妻子もいないというから、べつの土地でも生きていけるだろう。とはいえ毒島組を裏切っただけに、見つかれば報復されるのは確実だ。日本は海外とちがって組織犯罪の証言者を保護する証人保護プログラムはないから、自分の身は自分で守るしかない。

カローラはアクアブリッジを抜けて木更津市に入った。芹沢はいまから電車で、十数年ぶりの実家に帰るという。

「短いあいだだが、世話になったな」

「いえ、これも職務ですから」

「ありがとう。柳刃さんと火野さんに、よろしくいっといてくれ」

芹沢は車をおりると、事務所から持ってきたビニール傘をさして歩きだした。駅前にしてはひと気のない通りを、とぼとぼ去っていく後ろ姿が切なかった。

⑦ イタリアン調味料で、ささっと作るお手軽ディナー

事務所の窓から見える空は、昼の三時とは思えないほど薄暗い。さっき雨はやんだが、汚れた綿のような雲が重く垂れ、また降りだしそうな気配がある。
正悟はノートパソコンで監視を続けながら、ときどきスマホを手にしてサラに電話した。けれども朝からずっとつながらない。
ゆうべ柳刃と火野は品川の貸倉庫にいったまま、もどってこなかった。芹沢を木更津まで送ったことはメールで報告した。
けさ火野から電話があって、覚醒剤を積んだコンテナはすでに運びだされてい

たという。ただちに本庁に協力を要請して非常線を張ったが、それらしい車両は発見できなかった。

「兄貴とおれは、まだコンテナのゆくえを探す。おまえは監視をしながら、サラに連絡して毒島組の様子を訊きだせ」

火野にいわれるまでもなく、サラには電話している。

毒島組の組事務所は、朝から幹部や組員の出入りが多い。陸揚げした覚醒剤がらみの動きかもしれないが、芹沢が姿を消したせいもあるだろう。

緊迫した状況とサラのことが気になって、きょうも食事はお粗末だ。朝はコンビニのおにぎりで、昼は焼そばパンのつもりだったが、焼そばパンを食べようとしたところで、はっとした。

「焼そばも長シャリだよな」

こんなときに麵類は縁起が悪いから、買い置きの冷凍ピラフを食べた。柳刃は縁起担ぎをせず、犯罪に関しては偶然を信じないといった。しかし気になるものは気になる。

六時をまわって、ようやくサラから電話があった。

「ごめん。ずっと忙しくて連絡できなかった」

なにが忙しかったのか訊きたかったが、詮索するのも気がひけて、

「毒島組長は怒ってたんだろ。大丈夫だった？」

「あの晩どこにいたのかしつこく訊かれたけど、なんとかごまかした。ただ、ゆうべ幹部のひとがバックれたから、毒島組長はぴりぴりしてる」

その幹部の逃走を手助けしたとはいえないが、毒島の動きを探りたい。

「ぴりぴりしてるってことは、毒島組長に会ったの」

「電話で話した。でも、もうすぐ一緒に食事だからマジうざい」

「断ればいいじゃん」

「無理。大事な客がくるから、おまえもこいって」

大事な客と聞いてスマホを持つ手に力がこもった。どこで食事をするのか訊くと、広尾のレストランだという。

「なんていう店？」

「どうして、そんなことまで訊くの」

「どうしてって――心配だから」

「ラ・インベチーレって店。まさか、きたりしないよね」

「いかないよ。でも、なにか困ったことがあったら、すぐ連絡して」

「うん。そっちはどう？　なにか変わったことはない？」

「ないよ。心配してくれてるの？」

「そうよ。タロッチ、ムショに入るようなまねはしないでね」

「それはこっちの台詞さ」

電話を切ってから、すこし本音で喋りすぎたと思った。が、サラを危険から遠ざけるには、言葉を濁さず率直な気持を伝えたほうがいい。

ラ・インベチーレをネットで検索すると、グルメには有名らしい高級イタリアンだった。火野に電話してサラからの情報を伝えたら、

「いまから、その店にいけ」

「いまから？」

「兄貴とおれは、まだ動けねえ。毒島が誰と会ってるか調べろ」

「わかりました。ただサラはいるし、毒島はおれの顔を知ってるので――」

「だからなんだ。うまく変装するのが潜入捜査だろうが」

変装しようにも服がないと思ったが、火野は続けて、

「できたら写真を撮って会話を録音しろ」

「そこまでやるのは、むずかしいかも――」

「兄貴のデスクの引出しにコンクリートマイクがある。それを持っていけ」

コンクリートマイクとは分厚い壁越しでも集音できる盗聴用マイクだ。本体は掌におさまるサイズで、聴診器のようなマイクとイヤホンがついている。ボイスレコーダーの機能もついているから録音も可能だ。火野から手短に操作方法を教わって電話を切った。

急に潜入捜査官らしい任務を命じられて、とまどった。張り込みや尾行の経験はあっても、盗撮や盗聴ははじめてだ。とはいえサラの身が心配だし、活躍のチャンスでもある。

問題は変装だ。コロナが収束しないせいでマスクが自然に見えるのは助かるが、高級イタリアンに白ジャージは論外だし、ヤクザ用のスーツもまずい。

といって服を買う時間はないから、この事務所にはじめてきたとき――柳刃と火野に拉致されたときに着ていたスーツとシャツと靴にした。火野の指示で後ろに撫でつけていた髪を前に垂らすと、事務所をあとにした。

広尾のラ・インベチーレには、渋滞を避けるため地下鉄でむかった。

地下鉄の駅から地上にでて住宅街を歩いていくと、緑に囲まれたレンガ造りの大きな建物が見えてきた。入口にはイタリア国旗が飾られ、青いイルミネーションがきらめいている。

豪華な雰囲気に気圧《けお》されつつ店内に入った。レジカウンターにショーケースがあり、高級そうな調味料やスイーツがならんでいる。

男性従業員がうやうやしく一礼して、

「いらっしゃいませ。失礼ですが、ご予約のお客さまでしょうか」

ちがうと答えたら、隅っこのちっぽけな席に案内された。まだ七時すぎだというのに、ほとんどのテーブルが客で埋まっている。

正悟は姿勢を低くして店内を見まわした。人目につく席にはいないだろうと思っていたが、やはり毒島の姿はない。ここへくるまでにこの店についてスマホで検索したら、会員限定のＶＩＰルームがあるのがわかった。

席を離れて廊下にでると、突きあたりに両開きのドアがあり、隣に黒いスーツを着た体格のいい男が立っている。麻布十番のラウンジで、火野と正悟のボディチェックをした男だ。毒島とサラは、あのドアのむこうにいるにちがいない。

正悟は席にもどるとマルゲリータを注文した。メニューのなかでいちばん安かったからだが、三千円もした。これは捜査費で落ちるのかと思いつつ、ＶＩＰルームを覗く方法を考えた。

ふたたびスマホでこの店の画像を検索すると、客が撮影したＶＩＰルームの窓にライトアップされた庭が写っていた。ということは庭にでれば室内が見える。

正悟は運ばれたピザを半分ほど食べて席を立ち、従業員に声をかけた。

「この店に入る前に落としものをしたみたいで――ちょっと外を見てきていいですか。なんだったら先に計算してもらっても――」

いいえ、あとで結構です。高級店らしく従業員はそういった。

急いで店をでて建物の壁に沿って歩いたら、庭に通じるらしい木目調のドアがあった。うまい具合に鍵はかかっておらず、すんなり庭に入れた。

正悟は腰を落として足音を忍ばせながら、緑の木々や草花のあいだを進んだ。ＶＩＰルームに近づくと息を殺して、庭に面した窓を覗いた。

円形の大きなテーブルを囲んでいたのは五人だった。毒島、蟹江、サラ、その隣に見おぼえのある男がいる。長い茶髪で真っ黒に日焼けした顔、セラミックらしい真っ白な歯――ヤミープロダクション社長の矢巳芳樹だ。

矢巳は以前から暴力団との関係が噂されていたが、誰と親しいのかまでは特定できなかった。それが毒島だとわかって、にわかに興奮した。正悟が張り込みに失敗した西氷潤の所属事務所はヤミープロダクションとあって、その背後関係も見えてきた。

最後のひとりはこっちに背中をむけていて顔はわからない。毒島や矢巳をスマホで撮影したいが、気づかれたらおしまいだ。

正悟は窓から離れて、上着のポケットからコンクリートマイクをだした。片耳にイヤホンをさし聴診器型のマイクを壁に押しあてると、室内の声が明瞭に聞こえてくる。ボイスレコーダーの録音スイッチを押して耳を澄ませた。

「ヘンチーダイ　ホウティェン　パァイドゥェイ」

いきなり中国語が聞こえて面食らった。むろん意味はわからないが、男の声だから、こっちに背中をむけている奴だろう。続いてサラの声がして、

「チャンさんは、あさってのパーティが楽しみですって」

「それはなにより。ビジネスの成功を祝して盛大にやりましょう」

「パーティは五時からです。ホテルまでお迎えにあがります」

「彼の豪邸もパーティもすごいよ。芸能人やスポーツ選手もたくさんくる。この子も通訳として連れていくから、思いきり楽しんで。サラ、そういってくれ」

サラのあとが矢巳、次が蟹江、最後が毒島の声だ。続いてサラが通訳する声が

した。固唾を呑んで聞いていたら、近くで足音がした。あわててイヤホンをはずしコンクリートマイクをしまうと、その場を離れた。

店にもどってテーブルについたが、もうピザを食べる気はしない。伝票を持ってレジにむかい勘定をすませたとき、先輩、と背後から声がした。ぎょっとして振りかえったら、丸顔の大男が立っていた。毒島組の揚原だ。

「こ、こんなところでなにを？」

「見回りです。うちの組長たちが食事中なんで、不審な奴がいないかチェックしろっていわれて――」

さっき庭で聞いた足音は揚原だろう。揚原は続けて、

「先輩こそ、なにしてるんっすか」

どう答えたらいいのか思いつかず、猛烈に焦った。正悟は苦しまぎれにレジカウンターのショーケースを指さして、

「や、柳刃組長から、ここの食材を買ってこいっていわれたんだよ」

「そっか。柳刃組長はグルメっすもんね」

揚原はあっさり納得した。正悟はレジカウンターの従業員に声をかけて、

「えーと、これとこれとこれを一本ずつ、あとこれを三つください」

ショーケースにあった小ぶりな瓶やスイーツを適当に指さした。なにを買ったのかわからなかったが、会計は九千円もしたので肝を潰した。これは捜査費で落とせるのかと思いつつ、紙袋を持って店をでた。

揚原はひまなようで隣を歩きながら、あー腹減った、とつぶやいた。

「また柳刃組長の料理が食べたいっす」

「食べにおいでよ。組長がいなかったら、おれが作るよ」

「マジっすか」

「うん。いろいろレシピ教わったから。カレーうどんとかどう？」

「うわ、マジ食いてー」

揚原がそういったとき、むこうからスーツ姿の男が駆け寄ってきて、

「乾じゃないか。ひさしぶりだなあ」

大声をあげた。誰かと思えば、大学の同級生だった鹿元《しかもと》だ。立て続けのピンチに凍りついたが、切り抜けるしかない。

正悟は眉間に皺を寄せると、声にドスをきかせて、

「誰だ、てめえ。ひとちがいするんじゃねえ」

「おれだよ、ゼミで一緒だった鹿元だよ」

「知らねえよ。ひとちがいだっていってんだろが」

正悟は声を荒らげた。鹿元はきょとんとした顔で、

「おれのこと忘れたのか。おまえは、たしか卒業して警察官に――」

次の瞬間、鹿元の胸ぐらをつかんで拳を構えた。

「おう、警察《サツ》には何度もパクられたぜ。それがどうしたんだよ」

「も、もういいよ。悪かった」

鹿元はおびえた表情で走り去った。

胸を撫でおろしていたら、あはは、と揚原が笑って、

「さすが先輩、キレたら怖いっすねえ」

「ったく、わけのわかんねえ奴が多いよ」

正悟は毒づきながら、心のなかで鹿元に詫びた。

それからまもなく揚原と別れた。とっさの芝居を疑っている様子はなく、

「こんど事務所に遊びにいきます」

揚原は笑顔でそういった。

事務所にもどると応接室に柳刃と火野がいた。ふたりはテーブルでむかいあい、

真剣な顔で喋っている。正悟は紙袋を持ったまま話が終わるのを待った。会話からすると、覚醒剤を隠したコンテナは発見できなかったらしい。

コンテナが陸揚げされたせいで、覚醒剤を合法的なものにすり替えて配達先を追跡するCCD――クリーン・コントロールド・デリバリーは不可能になった。

「もしシャブの隠し場所がわかって配達先を突き止めても、毒島は表にでてこないでしょうね。面倒なことになったな」

火野が溜息をついた。覚醒剤を運んだり受けとったりするのは下っぱの役目だ。

柳刃はタバコをくゆらせながら、

「毒島の関与を証明しなければ、芹沢の証言があっても検挙はできん」

「ってことは、やっぱり取引の現場を押さえるしかないですね。うちの組がめいっぱいシャブを買いつけることにして、毒島をおびきだしましょう」

「芹沢が飛んだから、毒島たちは警戒してるはずだ。あいつが捜査協力者《エス》なのはばれてないと思うが、取引の場に毒島がくるとは限らん」

「うちとの取引は、幹部や組員にやらせると？」

「たぶんな。幹部や組員を吐かせれば使用者責任で毒島を逮捕できるが、裏をとるのに時間がかかる。そのあいだに二トンのシャブが売人の手に渡ってしまう」

「そうなったら、日本じゅうにシャブが蔓延しますね。しっかし、むずかしいなあ。毒島とシャブをいっぺんに押さえるのは」

火野はまた溜息をつくと、ようやくこっちを見て、

「おう、どうだった。毒島は誰と会ってた？」

「ヤミープロダクション社長の矢巳芳樹です」

火野は柳刃と顔を見あわせてから、すげえじゃねえか、といった。

「毒島は矢巳とつるんでやがったのか」

「それともうひとり、チャンという中国人の男がいました」

正悟はコンクリートマイクをだすと、録音した音声を再生した。中国語に続いてサラの声が流れる。

「チャンさんは、あさってのパーティが楽しみですって」

「それはなにより。ビジネスの成功を祝して盛大にやりましょう」

「パーティは五時からです。ホテルまでお迎えにあがります」

「彼の豪邸もパーティもすごいよ。芸能人やスポーツ選手もたくさんくる。この子も通訳として連れていくから、思いきり楽しんで。サラ、そういってくれ」

そこで音声は途切れた。これだけか、と火野が訊いた。揚原が見回りにきたの

で盗聴を中断したと答えたら、

「毒島と矢巳の関係が見えたのは収穫だが、なんの会合か読めねえな」

「いや、これが突破口になるかもしれん」

柳刃がそういって灰皿でタバコを揉み消した。火野が目を見張って、

「どういうことですか、兄貴」

「まあ焦るな。ところで、その紙袋はなんだ」

柳刃に訊かれて、紙袋から調味料の瓶を三本とスイーツを三つだした。

「おまえが選んだのか」

「いえ、あわててたんで適当に買っただけです。九千円もしました。ピザは三千円もしたんですけど——」

これは捜査費で、といおうとしたら、

「計画を詰める前に飯にしよう。火野は監視をして、おまえは手伝え」

柳刃はソファから腰をあげると、キッチンにいった。ピザは半分しか食べていないから腹は減っている。急いであとを追った。

正悟が買ってきた三本の瓶はどれもラベルの横文字が読めず、中身はわからな

かったが、柳刃はひと目見ただけで、

「コラトゥーラ、バルサミコ酢、エクストラバージンオリーブオイルだ」

「コラなんとかは知りませんけど、バルサミコ酢とオリーブオイルって高いものじゃないですよね」

「そのへんで買えるものはな。このバルサミコ酢はドゥエ・ヴィットーリエ社製の十五年熟成、オリーブオイルはフラントイ・クトレラ社のプリモD.O.P.、どちらも二百五十ミリリットル瓶で二千五百円以上する」

「そんなに――」

「コラトゥーラはデルフィーノ社のコラトゥーラ・ディ・アリーチで、これも二千円くらいだ」

だとすれば三本の瓶だけで七千円もしたわけだ。コラトゥーラとはなにか訊くと、南イタリアの魚醬だという。

「古代ローマで使われていたが、帝国の崩壊とともに絶滅したガルムという魚醬を、十三世紀に再現したらしい。塩漬けのカタクチイワシを樽で寝かせて作る。タイのナンプラーやベトナムのニョクマムに製法は似ているが、不純物をていねいに濾過するから香りが上品でやわらかい」

柳刃はそういいながら、スイーツを冷蔵庫にしまった。茶色い筒状の生地でクリームのようなものを包んである。

「それって、なんなんですか」

「説明はあとだ」

柳刃はパック入りのミニトマト、ひと口サイズのモッツァレラチーズ、ジャガイモを三つ、ニンニクをひとつ、分厚い豚ロース肉を三枚、冷蔵庫からだして、

「鍋に湯を沸かして塩をひとつまみ入れ、玉子を三つ茹でろ。そのあとジャガイモの皮を剝け」

ピーラーで作業をしながら横目で見ていると、柳刃はミニトマトを水で洗い、ヘタを取って半分に切った。それを水気を切ったモッツァレラチーズと一緒にボウルに入れ、塩昆布をたっぷりまぶし、その上から買ってきたオリーブオイルをかけ、全体を混ぜあわせている。

「変わった料理ですね」

柳刃は返事をせず、ソース用のちいさいフライパンに醬油と砂糖、買ってきたバルサミコ酢を入れて弱火で加熱した。

ジャガイモの皮を剝き終えたと柳刃にいうと、

「それをひと口大に切り、耐熱ボウルに入れてラップをかけ、レンジで六分加熱しろ。ジャガイモに火が通ったら、熱いうちにフォークの背で潰せ」

柳刃はひとかけのニンニクをすりおろし、豚ロース肉の筋を包丁で切って、ソース用のフライパンをときどきかき混ぜている。まるで戦場のような忙しさだ。

ジャガイモを潰し終えたところで、柳刃はボウルに缶入りのコーンとマヨネーズをたっぷり入れて塩とブラックペッパーを振り、コラトゥーラをかけると、

「これをよく混ぜろ。そのあと茹で玉子を輪切りにしろ」

ポテトサラダなのはわかったが、コラトゥーラがあうのか気になった。続いてボウルであえたミニトマトとモッツァレラチーズと塩昆布を小鉢に入れるようにいわれた。

柳刃は三枚の豚ロース肉に軽く塩を振るとトングではさんで縦向きにし、脂身を押しつけるようにしてフライパンで焼きはじめた。火加減は強火だ。

「こうして焼けば、脂身にもむらなく火が通る。脂身からでた脂で焼くから、ほかに油はいらない」

ポテトサラダを皿に盛り、輪切りにした茹で玉子を載せるのが次の指令だった。

柳刃は豚ロース肉の両面をキツネ色に焼いて皿に載せた。ソース用のフライパ

ンの中身は半分ほどに減り、とろみがついている。柳刃はそこにおろしたニンニクを入れてかき混ぜ、豚ロース肉にかけると、

「できたぞ。持っていけ」

三人は和室の座卓を囲み、グラスに注いだ缶ビールで乾杯してから食べはじめた。大変な時期だというのに呑んでいいのか気になって、

「呑めるのはうれしいけど、のんびりして大丈夫なんですか」

「いまだけはな」

と柳刃はいった。

「こんな食事は、これが最後だ。しっかり栄養をとっておけ」

これからそんなに忙しくなるのか。最後という言葉が気になった。

「きょう作ったのは、なんていう料理ですか」

「特に呼びかたはないが、強いていえばカプレーゼの塩昆布あえ、コラトゥーラのポテトサラダ、バルサミコソースのポークソテーだな」

正悟はまずカプレーゼをひと口食べた。ふつうのカプレーゼはファミレスで食べたことがあるが、その何倍も旨い。よく熟《う》れたミニトマトともちもちしたモッ

ツァレラチーズに塩昆布の旨みがしみこんでいる。そこにフルーティなオリーブオイルの味と香りが加わって、絶品というべき美味しさだ。

びっくりしました、と正悟はいった。

「材料を混ぜただけで、こんなに旨いなんて。おれが買ってきたオリーブオイルも高いだけあって、ふつうのとぜんぜんちがいますね」

「シチリアの最高級品だからな。もっとも、このカプレーゼを作るなら、ふつうのオリーブオイルでもじゅうぶん旨い。和風に寄せるならゴマ油もあう」

「この塩昆布も酒のアテになりますね。いい感じに塩気が抜けたかわりに、トマトとモッツァレラとオリーブオイルの味がして」

と火野がいった。

次にポークソテーをナイフとフォークで食べてみた。豚肉は表面がよく焼けているのに、なかはやわらかく脂身はサクサクして香ばしい。

なによりもバルサミコソースとの相性が抜群だ。バルサミコ酢の酸味とコク、醤油の旨み、砂糖の甘さ、ニンニクの辛みが絶妙に調和して、豚肉の美味しさをあますところなくひきだしている。

「このソース、高級レストランみたいな味ですね」

いったことないけど、と正悟はつけ加えた。

「バルサミコ酢は煮詰めることで味が濃縮される。ニンニクはおろしたての味と香りを残すために、最後に入れた。匂いが気になるなら、量を減らして最初から煮ればいい」

「バルサミコ酢って、イタリア原産ですか」

「そうだ。ぶどうの果汁を樽で発酵させて作る。きょうのように煮詰めなくても、塩とオリーブオイルとあわせるだけでサラダのドレッシングになる。魚料理やバニラアイスにもあう」

「兄貴のいうとおり、以前バニラアイスにかけたら高級デザートみたいな味になりました。バニラアイスにオリーブオイルをかけても、コクがでて旨かった」

「じゃあ、両方アイスにかけたら？」

「たぶん旨えだろう。やってみろよ」

と火野はいった。正悟はうなずいて、

「豚肉は脂身から焼けばいいんですね」

「それと焼きすぎずに、余熱で火を通すのがコツだ」

ポークソテーを堪能したところで、口直しにポテトサラダを食べた。具はポテト以外はコーンだけだが、旨みが濃い。輪切りした茹で玉子を崩して一緒に食べたら、味わいが増してビールが進む。

「すごくビールにあうポテサラですね。コラトゥーラを入れたら、こんなに味が変わるんだ」

「コラトゥーラはスパゲティやペンネ、リゾットに入れても旨い。オリーブオイルやレモン汁とあわせれば、サラダにも使える」

ビールのあとは赤ワインを呑み、いい気分になりつつ食事を終えた。

ごちそうさまでした。手をあわせたら、柳刃がキッチンにいって皿に載せたスイーツを運んできた。さっき冷蔵庫にしまったのを、すっかり忘れていた。

柳刃にうながされて食べてみると、パイのような歯応えの生地のなかに甘くてコクのあるクリームとナッツやフルーツが詰まっている。これはなにかと柳刃に訊いたら、カンノーリだ、といった。

「カンノーロともいう。シチリアの伝統的な菓子だ」

おまえ、と火野がいった。

「ゴッドファーザー観たことねえのか」

「観てません。このお菓子が、その映画にでてくるんですか」

火野はあきれたようにかぶりを振って、

「コルレオーネ一家のクレメンザがいうんだよ。部下が裏切者を殺したあとに、銃は置いていけ、カンノーリは持ってこい、ってな」

「なんか暗いシーンですね」

「三作目じゃ、カンノーリが大好きなマフィアの親分がなあ――」

「やめてください。ネタバレじゃないですか」

カンノーリを食べたあと、キッチンで食器を洗った。時刻は十時をまわった。和室にもどったら、柳刃と火野は座卓に広げた都内の地図を覗きこんでいた。

柳刃はマーカーで地図に円を描いて、

「おれたちが品川の貸倉庫に着いたとき、コンテナはすでに運び去られていた。密輸に使われたコンテナは長さ六メートル、幅二・五メートル、高さ二・六メートル。これを運べるのは大型トラックしかない」

「大型トラックって、すごく目立ちますよね。それが検問にひっかからなかったってことは――」

正悟がそういうと柳刃は続けて、

「コンテナに隠したシャブをべつの車に積み替えた可能性もあるが、二トンものシャブを運べるのは、やはりトラックしかない。それが非常線を張る前に消えたのは、品川から近い場所に運ばれたからだ。つまり、この円内にシャブがある」

暴力団の組事務所や幹部の自宅は、ふだんから家宅捜索が入るのを警戒して、摘発されるようなものは置かない。したがって覚醒剤は捜査対象にならない場所に隠されている。

「毒島と関係があって捜査対象にならない場所。しかもこの円内といえば、ここしかない」

柳刃は地図に印をつけた。地図に目を凝らすと、そこは港区白金台の一画だった。白金台っていえば、と正悟はいって、

「矢巳の自宅ですね。もしかしたら、きょうの会合は――」

「芹沢に聞いたところだと、今回の密輸には不法入国したチャイニーズマフィアがからんでいるらしい。きょうの会合に同席したチャンという男は、恐らくそのボスだろう」

「そうか。密輸に使われたのも中国の船でしたね」

「矢巳の豪邸なら、コンテナだろうと二トンのシャブだろうと隠す場所はいくら

でもある。あさってのパーティはチャンの接待と取引を兼ねているかもしれん」

柳刃はそういってから火野にむかって、

「本庁のサーバーに接続して街頭防犯カメラの映像をあたれ。コンテナが運びだされてから非常線を張るまでの時間帯で、矢巳の自宅周辺の録画を調べるんだ」

⑧ 手間ひまかける値打ちあり。特別な夜に、この一杯

翌日も空はどんより曇っていた。

正悟はデスクに肘をつき、両手でこめかみを押さえてノートパソコンのディスプレイを眺めていた。ふとわれにかえると貧乏ゆすりをしていたが、いらだちが極限に達したせいで、やめる気になれない。

柳刃と火野はきょうも朝食をとらず、早朝からでていった。きのうの夕食は驚くほど旨かったが、また食欲は失せて朝食も昼食も食べていない。ディスプレイに表示されている時刻は、午後三時になった。

ゆうべ火野は街頭防犯カメラの録画映像を調べて、矢巳の豪邸に大型トラックが乗り入れるのを確認した。大型トラックはしばらくして豪邸をでたが、映像の画質が悪くナンバーは読みとれなかった。

「このトラックにちがいねえ。兄貴、家宅捜索《ガサ》をかけましょうッ」

火野は色めきたって叫んだが、まだ無理だ、と柳刃はいって、

「そのトラックにシャブが積んであるという証拠がない」

「それはわかってますけど、別件でどうにかなりませんか」

「家宅捜索《ガサ》をかけるなら、毒島とチャンがくるパーティのときだ。別件逮捕の理由は、毒島の脅迫容疑にしよう」

「脅迫？　誰が脅迫されたんですか」

「おまえは毒島におどされただろ」

柳刃はこっちをむいていった。正悟は目をしばたたいて、

「毒島がここにきたときですか」

「そうだ」

「おどされたというか――サラがきてないか訊かれただけですが」

「それでも相手は暴力団組長だ。身の危険を感じただろう」

「危険は感じましたけど、脅迫罪の成立要件――害悪の告知はされてません」

「だからどうした。害悪の告知をされたと証言すればいい」

「それだと偽証になりますよ。しかも、こっちは暴力団を装ってるわけですから、違法捜査になるんじゃ――」

細けえことをいうんじゃねえッ、と火野が怒鳴った。

「毒島がシャブを密輸したのはわかってんだ。どんな理由をつけてでもパクらなきゃ、二トンのシャブが市場に流れちまう。シャブさえ見つかりゃあ、おまえの証言なんか誰も気にしねえよ」

「上司もいってましたけど、警察という組織はトカゲの尻尾切りですね。柳刃さんと火野さんは検挙実績があがっても、偽証の罪に問われるのはおれですよ」

もう組長とか兄貴とか呼ぶ気がしなかった。火野は鼻を鳴らして、

「表沙汰にならなきゃいいだろうが」

「ならなくても違法捜査はしたくないです。それに――」

「それに、なんだ？」

「矢巳のパーティにはサラが通訳でいきます。サラも逮捕するんですか」

「通訳として密輸に加担したんなら、しょうがねえな」

「そんな――柳刃さんと火野さんは、芹沢の裏カジノを見逃したんですよね。だったらサラだって――」

「あの子は捜査協力者《エス》じゃねえ。毒島を嫌ってるふりをして、ほんとうはこっちの様子を探ってるかもしれねえんだぞ」

「そんなことはないと思います」

「思います、だと。憶測で捜査をするんじゃねえ。なら訊くけど、サラは矢巳のパーティに通訳でいくって、おまえにいったか。毒島や蟹江やチャンがパーティにくるっていったか」

「それは聞いてませんけど――」

「ほら見ろ。あいかわらず捜査に私情をはさみやがって。あさってのガサ入れにはこなくていいから、あとできっちり証言しろ。わかったかッ」

そのときはしぶしぶうなずいたが、しだいに反感が強まってきた。

柳刃と火野がそこまで汚い捜査をするとは思わなかった。サラを見逃してくればともかく、彼女を逮捕するなら偽証などしたくない。とはいえ命令に逆らえば覚醒剤は市場に流れて、無数の中毒者を生むだろう。

なにか理由を作って、サラがパーティへいくのをやめさせたい。そう思って朝から何度も電話しているが、またしてもつながらない。もっとも、なんといえばサラを説得できるのか。あしたのパーティに捜査が入るとはいえないし、むろん身分もあかせない。

毒島を逮捕してサラを逃がす。それが可能な手段はひとつだけだ。

正悟はクローゼットを開け、シルバーグレーのスーツの内ポケットを探り、ちいさく畳んだ紙ナプキンを取りだした。紙ナプキンに書かれた番号を、震える指先でスマホに入力すると、まもなくつながった。

「捜査の状況をご報告したくて、お電話しました」

「連絡を待っていたぞ。聞かせてもらおう」

羊谷はおだやかな声でいった。

「ただし条件があります。ある女性の逮捕を見送って欲しいんです」

「どういう意味だ。犯罪が既遂なら見逃すわけにはいかんぞ」

「既遂ではありませんが、これから関与する可能性が――」

「それならば役にたてるかもしれん」

正悟は大きく深呼吸をしてから語りはじめた。

今回の捜査対象は毒島組で、組長の毒島は二トンの覚醒剤を中国からの貨物船で密輸した疑いがあること。毒島はゆうべ理事長の蟹江、ヤミープロダクション社長の矢巳、チャンという中国人の男、そしてサラと食事をしていたこと。

街頭防犯カメラの録画映像を調べた結果、覚醒剤は矢巳の自宅に運びこまれた可能性が高いこと。それらを語ると羊谷は、うーむ、とうなって、

「その柳刃と火野という捜査官は暴力団組長とその舎弟を装って、毒島組に接触し、シャブの取引を持ちかけてるんだな」

「――はい」

「乾、よく教えてくれた。それにしても、どうして話す気になった」

「偽証はしたくないし、違法捜査が許せなくて」

「そのとおりだ。警察官にあるまじき行為を見逃してはいかん」

「お願いです。サラの逮捕はなんとか見送って――」

「矢巳のパーティに柳刃と火野が踏みこむのは、こっちで阻止しよう。したがって、サラという女があした逮捕されることはない」

「ありがとうございます。ただ毒島や密輸したシャブは？」

「むろん逃しはせん。密輸が事実なら必ず逮捕する」

羊谷と話しているときはサラを助けることしか考えてなかった。だが電話を切

ったとたん、胸をえぐるような罪悪感にさいなまれた。

柳刃と火野をとうとう裏切ってしまった。

違法捜査が許せなかったとはいえ、ふたりは私利私欲で動いているわけではない。二トンにおよぶ過去最大の覚醒剤の密輸を摘発するために、危険をかえりみず潜入捜査をしているのだ。

偽証をしたくないのに変わりはないが、柳刃たちの捜査を潰し、毒島の逮捕が遅れることになった。そのせいで覚醒剤が流出したら自分の責任だ。

正悟は暗澹《あんたん》とした気分で、またサラに電話をかけた。話したいことがあるとショートメールを送っても返信はない。あしたのパーティでサラが逮捕される可能性は薄くなったが、火野がいったことが頭にひっかかっている。

「あの子は捜査協力者《エス》じゃやねえ。毒島を嫌ってるふりをして、ほんとうはこっちの様子を探ってるかもしれねえんだぞ」

まさか。まさか、そんなはずはない。

貧乏揺すりはますます激しくなり、勢いあまって立ちあがった。正悟はスマホを手にして室内をうろつきながら、サラに電話をかけ続けた。

柳刃と火野がもどってきたのは六時すぎだった。火野はなんに使うのか、ジュラルミン製の大きなトランクをさげている。

羊谷に捜査情報を漏らしたのがばれてないか不安だったが、ふたりの態度は変わりない。ただ柳刃はスマホで何度も電話をかけ、小声で誰かと喋っている。

火野は和室でなにか作業をしていて、ふたりともあわただしい。

後ろめたさに背中を丸めて監視をしていると、決まった、と柳刃が声をあげた。火野が和室から走りでてきて、ほんとですか、といった。

「今夜十一時、場所は品川の貸倉庫。毒島もくる」

「品川の貸倉庫って、兄貴とおれが捜査にいったところですね」

「ああ。あの貸倉庫は毒島の息がかかってたんだろう。だからシャブもすんなり運びだせたんだ。用心してかかるぞ」

「あの、なにが決まったんですか」

恐る恐る訊いたら、シャブの取引よ、と火野がいった。

「毒島から連絡があって急に話がまとまった」

取引する覚醒剤の量は二キロ、仕入値は一億円で交渉が成立したという。

「百キロくらい買いつけたかったが、むこうも警戒してやがる。だが取引の現場に毒島がくるから、これでひっぱれる。だから脅迫罪の証言はしなくていいぞ」

「じゃあ、矢巳のパーティのガサ入れは――」

「もちろんやる。でも毒島が逮捕されたら、矢巳はびびってパーティを中止するだろ。だから毒島は、あしたまで泳がせとく」

　火野は浮かれた調子でいったが、パーティの家宅捜索は羊谷が阻止するはずだ。それでも今夜の取引の証拠があれば、毒島をあとから逮捕できるだろう。覚醒剤の流出が防げそうなのに安堵した。

　ただ脅迫罪の証言をしなくていいなら、羊谷に捜査情報を伝えなくてもよかった気がする。しかし、あしたのパーティに捜査が入れば、サラは逮捕される。

「これしか選択肢はなかったんだ」

　胸のなかで自分にそういい聞かせた。

　火野は和室からトランクを持ってくると、テーブルに置いて蓋を開けた。なかには帯封をかけた一万円札がぎっしり詰まっている。札は通し番号ではなく使い古しのようだ。これを毒島に渡すのかと訊いたら、火野は笑って、

「ああ、渡すぜ」

「これって本物の札ですよね」

「正真正銘の本物だ。通し番号じゃねえが、番号はすべてスキャンしてOCR——光学文字認識でデータに変換した。データは銀行と共有するからマネーロンダリングしなきゃ使えねえ。どっちみち毒島を逮捕したあと回収するけどな」

手回しのよさに舌を巻いていると、柳刃はキッチンにいった。なにか作っている気配にキッチンを覗いたら、寸胴鍋になにかを入れている。

十一時から大事な取引があるのに飯の支度かとあきれつつ、

「なにか手伝いましょうか」

「いや、いい。おまえは監視を続けろ」

正悟はデスクにもどってノートパソコンに目をむけた。

毒島が逮捕されるのは時間の問題だけに、毒島組の本部事務所と毒島の自宅を監視するのも、もうじき終わりだろう。退屈な任務だったが、この事務所が撤収されると思ったら、さびしさを感じる。

柳刃と火野には、いろいろなことを教わった。ふたりの言動にはうなずけないところもあったが、いままで気づかなかったことを考えさせられた。

ふたりを裏切ったのが、いまさらのように悔やまれる。しかしサラを助けるためには、羊谷に捜査情報を伝えるしかなかった。

サラからはいまだに連絡がない。柳刃と火野がいるあいだは電話があっても話せないが、どうしても確かめたいことがある。

「サラは矢巳のパーティに通訳でいくって、おまえにいったか。毒島や蟹江やチャンがパーティにくるっていったか」

火野の台詞が脳裏に蘇る。サラが毒島を嫌うふりをして、こちらの動きを探っているとは思えない。思いたくない。けれどもサラがまた犯罪に手を染めるのなら、あした逮捕をまぬがれても意味がない。

柳刃はなにを作っているのか、なんともいえないいい匂いがキッチンから漂ってきた。時刻は九時半で、柳刃がキッチンに入って三時間近く経っている。きょうはなにも食べていないとあって、さすがに腹が減った。

火野は応接室のテーブルでベルトや靴を手にして、ピンセットやラジオペンチを動かしている。なにをしているのか訊いたら、超小型のボイスレコーダーと隠しカメラを仕込んでいるという。

「ボディチェックされても、ばれねえようにしないとな」

十時前になって柳刃に呼ばれてキッチンにいくと、ラーメンの丼が三つ、湯気をあげていた。透明なスープに中太のちぢれ麺、具は刻んだ白ネギとなにかの肉だけとシンプルだが、どういう味付けなのか。柳刃は三時間近くもキッチンにいたのに、ラーメンだけなのも不可解だった。

ラーメンを和室の座卓に運んで合掌し、さっそく麵を啜ったら透明なスープとは思えないコクのある味わいだった。味付けは塩とコショウのようだが、どうしてこんな深みがでるのか。

ちぢれ麵はコシがあり、スープとよくからむ。シャキシャキした白ネギはスープの脂を中和して飽きがこない。肉は箸でほぐれるほどやわらかく、嚙むたびに独特の旨みがあふれだす。なんの肉なのか柳刃に訊くと、

「牛テールだ」

「牛テール？　すると、このスープは――」

「テールスープだ」

「じゃあ牛テールラーメンですね。作りかたがむずかしそう」

「むずかしくはない。時間と手間がかかるだけだ」

「どうやって作るんですか」

「けさ、でかける前に牛テールを冷水に浸して血抜きをしておいた。ここにもどったあと水から下茹でして十分ほど茹で、流水でよく洗った。そのあと牛テール

を寸胴鍋に入れ、白ネギの青いところ、ダシ昆布、ニンニク、ショウガ、玉ネギ、酒を加え、全体が浸るくらいの水で煮込んだ」

「やっぱり手間がかかりますね」

「煮込むあいだも手間がかかる。鍋に蓋をせず、こまめにアクを取りながら、沸騰させないよう火加減を弱火に保つ」

「どうして弱火で？」

「蓋をして強火で煮ると、スープが濁って味がくどくなる。スープが減ったら、そのぶん水を足す。牛テールがやわらかくなったら、一緒に煮た具材は取りだして、さらに煮込む。あとはスープを丼に移して別茹でした麺を入れ、刻んだ白ネギとテールを載せる。最後にコショウを振って完成だ」

口でいうのは簡単だが、大変な労力だ。たった一杯のラーメンのために、柳刃が三時間近くも寸胴鍋につきっきりでいたと思ったら、申しわけなかった。

「牛テールって、要するに牛の尻尾だもんな」

　と火野がつぶやいた。

「そのままじゃ硬くて食えねえけど、時間と手間をかけりゃ、こんなに旨くなる。人生とおなじですよね、兄貴」

柳刃は無言だったが、牛の尻尾と聞いて、はっとした。

ゆうべ柳刃と火野とサラのことで口論になったとき、警察という組織はトカゲの尻尾切りだといった。だから柳刃は牛テールでラーメンを作ったのか。正悟はそれを訊いてみたくて、

「おれが警察はトカゲの尻尾切りだっていったから、柳刃さんはこのラーメンを作ったんですか」

「おまえは刑事《デカ》にとって、長シャリは縁起が悪いといったな」

と柳刃はいった。食べるのに夢中で忘れていたが、こんな緊迫したときにラーメンはタブーだ。正悟がうなずくと柳刃は続けて、

「しかし、おまえは麵類が好きだともいった。おれたちは前にいったとおり、犯罪に関しては偶然を信じない。だから最後に、おまえの好きなラーメンを作った」

「――ありがとうございます。じゃあ、これが最後の食事なんですか」

「そうだ。あしたから六本木署にもどれ」

どう答えたらいいのかわからず、唇を嚙んだ。

そのとき応接室で、けたたましい電子音が響いた。マセラティのアラートだッ、

と火野が叫んだ。三人は急いで応接室にいき、ノートパソコンを覗きこんだ。

マセラティが毒島の自宅をでたところが街頭防犯カメラに映ったが、すぐに車は見えなくなった。火野がＧＰＳで現在地を検索すると、マセラティの位置を示す丸印が地図上を移動していく。

「品川方面にむかってますね」

武蔵野市にある毒島の自宅から、品川の貸倉庫までは約一時間。いまは十時だから、ちょうど取引の時間に着く。火野によれば、この事務所から貸倉庫までは三十分もかからないという。

「兄貴、先回りしましょう」

柳刃と火野はすばやく黒いスーツに着替えた。ジュラルミンケースをさげた火野はノートパソコンを顎で示して、

「なにか異状があったら、すぐ連絡しろ」

ふたりを玄関まで見送ったあと、デスクについて監視をはじめた。毒島組の本部事務所に変化はなく、マセラティはやはり品川へむかっていく。

時刻は十時半だ。あと三十分で取引だけに胸がざわつく。コーヒーでも飲んで

落ちつこうと腰を浮かせたら、スマホが鳴った。相手はサラだ。

「ごめん。なんべんも電話もらってたのに。きょうもばたばたしてた」

サラはいつになく疲れた口調でいった。

正悟は腹に力をこめ、ずっと考えていた質問を口にした。

「あのさ、あした会えない？　五時くらいに」

「ごめん。その時間は無理」

「なにか予定があるの」

「うん。友だちと会うから。中学の同級生」

矢巳のパーティにいくとまではいわなくても、せめて毒島に呼びだされたといって欲しかった。嘘をつかれたのがショックで、次の言葉がでてこない。

「どうしたの、急に黙って」

「――いまから、こっちにこれない？」

「いまから？」

「うん。どうしても話したいことがあるんだ」

サラはすこし沈黙したあと、わかった、といった。

正悟は肩を落として大きな溜息をついた。

サラがここにきたら、毒島との関係をはっきり訊こう。また嘘をつくかもしれないが、それならそれで仕方がない。彼女を更生させようなどと、身のほど知らずなことを考えた自分が厭になった。

正義の味方にあこがれて警察官になったが、誰を救うこともできなかった。もう限界だ。サラがなんと答えたにせよ、警察官を辞めて自分を見つめなおそう。激しい落胆とともにそんな決意を固めていたら、チャイムが鳴った。

もうサラがきたのか。インターホンのモニターを見ると、揚原だった。

ゆうべ広尾のレストランで会ったとき、揚原はこんど事務所に遊びにいくといった。それでさっそくきたのかもしれないが、これからサラと話がある。正悟は通話ボタンを押して、

「揚原くん、ごめん。今夜は都合が悪いんだ」

「大事な話があるんです。早く先輩に伝えておきたくて」

「大事な話？」

「ちょっとだけいいっすか。すぐ帰りますから」

なんの話か気になってビルの入口のオートロックを解除すると、ノートパソコンに視線をもどした。まもなく玄関のチャイムが鳴ってドアを開けた。

「おいっす」

揚原がのっそり顔をだしたと思ったら、巨体のあとから男がふたり入ってきた。短髪で色白の筋張った顔。センター分けの髪で目鼻立ちの整った顔。

品川へ取引にむかったはずの毒島と蟹江が、なぜここにくるのか。

信じられない事態に絶句したが、ノートパソコンを見られるわけにはいかない。あわてて電源を落としてディスプレイを閉じたら、

「せんぱあい、ショックっすよお」

揚原が甘ったるく不気味な声をあげて近づいてきた。

「先輩が警察《サツ》のイヌだったなんて」

「——なにいってんだ。おれは警察《サツ》なんかじゃねえよ」

「ゆうべ広尾のイタリアンで会ったときも、怪しいと思ったんすよね。あんなところに偶然いるわけねえって」

ふだんは温厚な顔が一変して、ちいさな目を吊りあげ歯を剝きだしている。

「きょ、きょうの揚原くんはイメージちがうね」

「ちがわねえよ」

「いや、なんか怖いから」

「あたりめえだろ。債権回収《キリトリ》でシノギかけてんだから」

「債権回収《キリトリ》？　揚原くんはネットで石や貝を売ったり、雑貨を作ったりしてるって——」

「そんなもん嘘に決まってんだろ。つーか、てめえらの正体は、ぜんぶばれてんだよ。柳刃と火野が警察《サツ》だってことも」

とっさに外へ逃げようとしたら、揚原に肩をつかまれた。

必死で身をよじったが、ものすごい握力で身動きがとれず、羽交い締めにされた。なぜ柳刃たちと自分の正体がわかったのか、見当がつかない。

毒島が蛇のような三白眼を細めて、

「柳刃と火野はどこにいる？」

「知らねえよ」

正悟は無理に虚勢を張った。

知らねえだと、と毒島は嗤《わら》ってノートパソコンを顎でしゃくった。

「品川へいったんじゃねえのか。おおかたＧＰＳで、マセラティのケツでも追いかけてんだろ」

「どうして、それを——」

「舐めるんじゃねえぞ。おれたちは犯罪のプロだ」

と蟹江がいった。毒島は続けて、

「柳刃があの車をよこしたときから怪しいと思ってたんだ。なにか仕掛けがあるんじゃねえかってな。だから、いままで乗らなかったが、正解だった。あの車をいま運転してるのは、うちの若い衆《し》だ」

「柳刃と火野は、まんまとおびき寄せられたってわけだ」

バカどもが、と蟹江は笑った。柳刃たちと自分の正体だけでなく、マセラティのことまで見破られたとは最悪だが、このままではもっと悪い状況になる。もうじきサラがここへきてしまう。電話かメールで危険を知らせようにも、それは無理だから、こいつらをべつの場所に動かすしかない。

毒島はスーツのポケットに両手を突っこみ、上目遣いにこっちを見て、

「さあ、洗いざらい話してもらおうか。おまえらがなにをやってたか」

「ここじゃ話すつもりはない。おれをどこかへ連れていけッ」

「連れてってやるとも。おまえがぜんぶ吐いたあとでな」

毒島はそういってから蟹江にむかって、

「このガキを縛れ」

蟹江と揚原のふたりがかりで無理やり事務用の椅子に座らされ、上半身をガムテープでぐるぐる巻きにされた。椅子ごと縛られて腕もあげられない。

ふと牛テールラーメンを――縁起の悪い長シャリを食べたから、こんな目に遭ったように思えた。

毒島が腕時計に目をやって、もう十一時すぎか、とつぶやいた。

「それにしても、柳刃と火野は心配だな」

いわくありげな台詞に胸騒ぎがした。

「あいつらと待ちあわせた貸倉庫は、やたらと可燃物が多いんだ。うっかりなかに入ったら、漏電で爆発するんじゃねえか」

「なんだとッ」

正悟はかっとなって怒鳴った。

「そんなことしたら、本庁も所轄も全力でおまえらを叩き潰すぞッ」

「ふつうの警官ならな」

毒島は平然としていった。

「潜入捜査官がくたばっても警察《サツ》は公にできねえ。ただの事故で処理される。おまえが死んでもおんなじこった。問題は死因をなんにするかだが――」

「組長《おやじ》、もうニュースでやってますよ」

蟹江がそういってスマホのボリュームをあげた。スマホからテレビのレポーターらしい女の声が聞こえてきた。

「いま入った速報です。品川の倉庫で爆発が起き、大規模な火災が発生したもようです。いまのところ死傷者は確認されていませんが――」

蟹江はスマホの画面をこっちにむけた。画面には赤く燃え盛る倉庫が映っている。それを見たとたん全身の血が逆流して、

「きさまらあッ」

絶叫して椅子ごと立ちあがった。が、たちまち揚原に押さえつけられた。

静かにしろよ。毒島は低い声でいって、

「いまから蟹江がおまえを痛めつける。こいつはエグい拷問が好きでな。吐いても吐かなくても相手はズタボロになる」

吐いても拷問されるなら吐かねえよ。胸のなかでツッコミを入れたが、そういう場合ではない。

蟹江は整った顔で微笑して、上着の懐から細長いナイフを取りだした。そのとき、揚原の台詞を思いだした。

「理事長はもと半グレ集団のリーダーで、当時はケンカになったら釘バットを頭にフルスイングしたり、ハンマーで膝の皿を割ったりしてたって――」

蟹江は正悟の前で腰をかがめると、ナイフを指でもてあそんで、

「アメリカの大学院生が蜂に刺されていちばん痛いのはどこか、自分の体で実験したそうだ。全身の二十五か所を蜂に三回ずつ刺させた結果、いちばん痛かったのは、どこだったと思う?」

考えたくもなくて黙っていると、蟹江は続けて、

「答えは鼻だとよ。ほんとかどうか、こいつを鼻の奥に刺してみよう。なに痛みはともかく、外見は鼻血がでるだけさ」

蟹江はナイフをいきなり鼻に近づけてきた。恐怖に身震いしたとき、チャイムが鳴った。揚原がインターホンの通話ボタンを押して、はい、と答えた。

「きたよ」

サラの声がした。きたらだめだッ。叫ぼうとしたら、ナイフを鼻に押しつけられた。入口と玄関のオートロックが解除され、サラが入ってきた。黒いデニムの上下で肩にショルダーバッグをかけている。

「おやおや、サラじゃねえか」

毒島が笑いを含んだ声でいった。

サラはこわばった表情でこっちを見た。逃げろといいたかったが、揚原が壁のような体で玄関をふさいでいる。毒島はサラの前に立って、

「見損なったぞ、サラ。おれに黙って、ここに出入りするとはな」

「あたしがなにしようと勝手でしょ」

「わかってるのか。こいつらは警察《サツ》のイヌだぞ」

サラは一瞬はっとしたように見えたが、すぐに冷たい笑みを浮かべて、

「警察《サツ》のイヌ？ じゃあ、あたしもだまされたわね。組長が取引するっていうから信用してたけど」

「おれは、おまえを信用できねえな」

「だったら、あしたの通訳はなしね。むかつくから、もう帰る」

「だめだ。揚原、こいつも縛りあげろッ」

毒島が怒鳴ったとたん、サラがショルダーバッグから黒光りするものを取りだした。拳銃――ベレッタM85だ。サラは目にもとまらぬ早さでスライドをひき、毒島の眉間に銃口をむけると、

「動かないで」

鋭い声でいった。蟹江が正悟の鼻からナイフを離して身構えた。

「あんたもよ。ナイフを捨てないと組長を撃つ」

蟹江はナイフを床に放った。毒島はあきれた顔で首を横に振り、

「サラ、なんのまねだ。冗談はやめろ」

「おどしじゃない。動いたら撃つ」

「ふざけるな、サラ。拳銃《チャカ》をおろせ」

なにもしねえから、と毒島はいった。

「サラっていうのは偽名。あたしは捜査官なの」

「笑わせるな。おまえが警察《サツ》だってえのか」

「警察《サツ》じゃない」

サラは右手で拳銃を構えたまま、左手で自分の髪をつかんだ。次の瞬間、金髪が黒く変化した。彼女がウィッグを床に放ると、黒髪のショートボブになった。

「関東信越厚生局、麻薬取締部」

サラは目に鋭い光をたたえていうと、

「あんたたちを監禁暴行容疑の現行犯で逮捕する」

想像を絶する展開に呆然となった。

サラが麻薬取締官――いわゆるマトリだとは夢にも思わなかった。麻薬取締官は、厚生労働省管轄の地方厚生局に設置された麻薬取締部の捜査官だ。マトリは警察官には許可されていないおとり捜査が可能で、拳銃の携帯も許されている。ベレッタM85はマトリの捜査官の定番だ。

あれはいつだったか、サラとの会話を思いだす。

「ほかにはなにやってんの」

「秘密。でも聞いたら、ぶっ飛ぶよ」

たしかにぶっ飛んだ。

毒島と蟹江と揚原はサラに命じられて、しぶしぶ彼女に背中をむけた。

「両手を頭の後ろで組んで、ゆっくり膝をついて」

サラがそういったとき、玄関のドアが開く音がした。

オートロックがかかっているのに誰が開けたのか。サラは振りかえると同時に固まって、手からベレッタが落ちた。ストライプのスーツ姿の男が、サラの背中に拳銃を突きつけて入ってきた。

その顔を見て驚愕した。正悟はぽかんと口を開けて、

「羊谷課長――」

「やあ、乾くん」

羊谷はこともなげにいった。毒島が立ちあがって膝を手で払いながら、

「課長、遅かったじゃねえか」

「すまんすまん」

「あんたが先にきて、ここで待ってる約束だぞ」

「ここの合鍵はきょうの夕方、捜査って名目で管理会社にもらってたんだ。ところが、さっき署長に呼びだし食っちまった」

「どういうことですかッ」

正悟は叫んだ。羊谷は拳銃をサラに突きつけたまま、

「毒島組長とは長いつきあいでね。乾くん、きみがもっと早く捜査情報を教えてくれたら、こんなことにはならなかった。残念だよ」

羊谷は毒島とぐるだった。

そんな男に捜査情報を伝えたから、毒島は柳刃たちを品川の貸倉庫におびきだし、ここにやってきたのだ。羊谷がきょうの夕方、管理会社から合鍵をもらったということは、この事務所に忍びこむ予定だったのかもしれない。

まもなくサラも椅子にガムテープで縛りつけられた。彼女は唇を結んで、うな

だれている。毒島は柳刃のデスクにいって革張りの椅子にかけ、

「さて、どうしようか、課長」

デスクの上に足を投げだした。

「柳刃と火野はもうくたばった。あとは、このガキとサラだけだ」

羊谷は拳銃を持った手で縁なしメガネを押しあげて、

「マトリまで巻きこむのはまずいが、考えようによってはちょうどいい。マトリの女と新米刑事が、かなわぬ恋に悩んで心中ってのはどうだ」

蟹江と揚原は壁際に立って、にやついている。

もう終わりだ。

どう考えても助かる方法はない。が、助かりたいとも思わない。自分のせいで、柳刃と火野が死んでしまった。ふたりだけでなくサラまで殺されてしまう。それも彼女を呼んだ自分のせいだ。地の底へ沈みこむような絶望に胸が押し潰され、悲しさと悔しさに涙がにじむ。

「よし、課長の案でいこう」

と毒島がいった。

「まずこのガキにナイフを握らせて、サラを刺させる。そのあとサラが拳銃《チャカ》でガ

キを弾く。それでいいだろう」

「ただ、ここで心中させるのはまずい。べつの場所に連れていこう」

と羊谷がいったとき、事務用のデスクの上で着信音が鳴った。柳刃たちから預かっているプリペイドスマホだ。正悟は目を見開くと宙を見あげた。

「生きてる——柳刃さんたちは生きてるんだッ」

はったりかますんじゃねえ、と毒島はいって、

「おい蟹江、電話にでてみろ」

蟹江がプリペイドスマホを手にして応答すると、顔色が変わった。

「どうしたッ。ハンズフリーで音が聞こえるようにしろ」

毒島が怒鳴った。蟹江は動揺した表情でプリペイドスマホを操作してデスクに置いた。全員が耳をそばだてて室内が静まりかえった。次の瞬間、

「毒島、それで裏をかいたつもりか」

まぎれもない柳刃の声に勇気が湧きあがった。サラも顔をあげて目を見張っている。毒島は筋張った顔をゆがめて、柳刃、どこにいるんだッ、と叫んだ。

「おまえのすぐそばだ」

「なにいッ。バカげたことを抜かすなッ」

毒島が怒鳴って室内を見まわした。その背後で、任俠と大書した額がぐるりと横に回転し、奥から火野が飛びだしてきた。

火野は毒島の後頭部に拳銃を突きつけて、

「みんな動くんじゃねえ、動くと毒島の頭が吹っ飛ぶぜ」

あの額が隠し扉だったことに驚いていると、柳刃があらわれた。柳刃は無表情で室内に足を踏み入れて、羊谷課長、といった。

「拳銃《チャカ》を捨てて、こっちに蹴飛ばせ」

羊谷は肩をすくめて拳銃を床に置き、爪先《つまさき》で蹴った。柳刃は上着の懐から白木の匕首《ドス》をだして鞘を抜いた。波模様のある鋭利な刃がぎらりと光る。

柳刃は匕首《ドス》でサラと正悟のガムテープを切った。サラは柳刃に一礼すると床からベレッタを拾いあげ、蟹江と揚原にむかって交互に銃口をむけた。

「さっきの姿勢をとりなさい」

ふたりは苦り切った表情で、両手を頭の後ろで組み、床に膝をついた。

正悟は床に落ちていた羊谷の拳銃を拾いあげた。警察官用のリボルバー、ニューナンブM60だ。これでもう奴らは反撃できない。

「おれがここにいるのが、どうしてわかった？」

毒島が溜息まじりに訊いた。へへへ、と火野が笑って、

「おまえと蟹江は、おれたちの留守中にここへきただろ。兄貴とおれが帰ってきたとき、ビルの前にベントレーが停まってた。だから車体の裏にGPSロガーを取りつけたのさ」

あの夜か、と正悟は思った。あの夜はサラがいるときに毒島たちが訪ねてきて、焦りまくった。ヘッ、そんなことか、と毒島がいった。

「おれたちは、はじめGPSでマセラティを追った」

と柳刃がいった。

「しかし、おれたちの正体は内通者からおまえに伝わったはずだから、罠を仕掛けてくるのは想定内だ。マセラティを追跡中に、おまえのベントレーがここへむかっているのに気づいて、すぐひきかえした。このビルに着いてからは隣の部屋に入った。ちょうどおまえがサラに拳銃《チャカ》をむけられたときだ」

そういえば隣のオフィスは空いていた。任俠の額は隠し扉になって、隣室とつながっていたのだ。毒島は舌打ちして、

「ずっと隣から様子を見てやがったのか。汚ねえまねしやがって。でも、おれをここでパクったら、シャブは押さえられねえぜ。シャブのありかは死んでも吐か

ねえから、日本じゅうの売人の手に渡る」

「あきらめろ。もうじき矢巳の自宅にガサ入れする」

「気づいてたのか。くそったれめがッ」

毒島が怒鳴ったとき、羊谷が床にしゃがんで立て膝をつき、足首に装着したホルスターから小型の拳銃を抜いた。

羊谷はサラの背中に銃口をむけ、撃鉄《げきてつ》を起こすと、

「乾とマトリの女は拳銃《チャカ》を捨てろ。火野もだ」

正悟は唇を嚙んで拳銃を床に置いた。羊谷が二丁も拳銃を持っているとは予想できなかった。サラは蟹江と揚原にベレッタをむけたまま、

「撃てるもんなら撃ちなさいッ」

火野は毒島の後頭部に銃口をめりこませ、羊谷ッ、と怒鳴った。

「おまえこそ拳銃《チャカ》を捨てな。ダチの毒島が死んじゃ困るだろ」

「いや、死んでも困らんな」

「なにいッ。羊谷、どういうことだッ」

毒島がわめいた。羊谷はそれには答えず、柳刃にむかって、

「なあ、こうしないか。これは本庁と六本木署の合同捜査だ。毒島と蟹江と揚原

を逮捕しようとしたところ、マトリの女捜査官を殺害し拳銃（チャカ）をむけてきたので、やむなく射殺した。こいつらが死ねば、矢巳はおれのいいなりだ。あいつの家にあるシャブを山分けすりゃあ、一生遊んで暮らせるぜ」

「羊谷、おまえのような外道《げどう》は珍しい」

と柳刃がいった。

「刑事《デカ》がムショに入ったら、どんな目に遭うかわかるだろう。しかもその刑事《デカ》は長年つるんでた組長を裏切ったんだ。とてつもない報復が待ってるぞ」

「うるせえ。ムショに入ってたまるかッ」

羊谷が真っ赤な顔で怒鳴り、引き金にかけた指が白くなった。

次の瞬間、正悟は銃口の前に飛びだした。同時に銃口が火を噴き、銃声が轟《とどろ》いた。撃たれた。反射的に目をつぶったが、なんの衝撃もない。

目を開けたら、羊谷の肩に匕首《ドス》が突き刺さっていた。羊谷はなおも拳銃を構えようとしたが、柳刃がそれを蹴り飛ばした。

ふとパトカーのサイレンが聞こえてきた。いくつものサイレンが鳴り響き、こっちへ近づいてくる。火野が毒島に銃口を押しつけたまま苦笑して、

「もうちょっと早くくりゃいいのに。いつもこのタイミングなんだよな」

毒島、蟹江、揚原、そして羊谷は、まもなく玄関からなだれこんできた捜査員たちによって逮捕され、本庁に連行された。

正悟とサラは、柳刃と火野に何度も礼をいった。柳刃はサラにむかって、

「矢巳の自宅はマトリがガサ入れしろ。シャブの摘発量では過去最大だ」

「えッ。そんなことしたら、うちが手柄を持っていくことに――」

「おれたちに検挙実績はいらん。毒島と内通者を逮捕しただけでじゅうぶんだ」

「じゃあ羊谷課長――羊谷を挙げるのも目的だったんですか」

正悟が訊いた。柳刃はジッポーでタバコに火をつけて、

「毒島はいくつもの容疑がありながら、いままで逮捕をまぬがれてきた」

「毒島は自分でアンタッチャブルだといってました」

とサラがいった。柳刃は煙を吐きだして、

「本庁は六本木署の組対に内通者がいるとにらんだ。そこでおれたちは毒島との取引と並行して、内通者をあぶりだす作戦をとった」

「おまえを指名したのは、そのためさ」

と火野がいった。正悟はのけぞって、

「指名？　六本木署の組対でいちばん若い奴をよこせといったから、おれがここにきたんじゃ――」

「いいや。おまえを西麻布のクラブで見たとき、兄貴と決めたんだ」

「西麻布のクラブって、おれが西氷潤の張り込みをしくじったときですか」

「そうよ。あいつはきっと干されるな、って兄貴と話したんだ」

　火野は笑った。記憶をたどると、あの店のカウンターに暴力団風の男がふたりいて、こっちを見ていた。あれは柳刃と火野だったのだ。

「あんなドジを踏んだおれを、なぜこの捜査にひきこんだんですか。おれみたいな新米が干されるのを哀れんだからですか」

「それはちがう」

　柳刃は自分のデスクの灰皿でタバコを揉み消して、

「おまえは張り込みに失敗したが、あのときの行動はまちがっていない。内通者をあぶりだすためには、利害に左右されないまっすぐな奴が欲しかった」

「でも――でも、おれは柳刃さんと火野さんを裏切りました」

「そうするように仕向けたんだ。おまえに偽証を強いることで、おれたちの情報が内通者に伝わる。内通者はそれを毒島に伝えるから、おれたちになにか仕掛けてくるはずだ。それを逆手にとるのが目的だった」

「それでも、柳刃さんたちを裏切ったことに変わりはないです」

「裏切るのが正しい。おまえがすんなり偽証したら、かえって失望しただろう」

柳刃の言葉に胸のつかえが薄れてきた。にしてもよ、と火野がいって、

「サラちゃんが、まさかマトリとは思わなかったぜ」

「ごめんなさい。あたしも潜入捜査だったので身分は明かせませんでした」

「マトリもシャブの密輸を調べてたんだろ」

「ええ。麻布十番のラウンジでバイトして、毒島には接近できたんですけど、決定的な証拠がなくて――。ただ柳刃さんと火野さんは、てっきりヤクザだと思ってました」

おれは？　と正悟が訊いた。サラは苦笑して、

「ぜんぜんヤクザにむいてないと思った。だから足を洗って欲しくて」

「おれだって、きみに足を洗って欲しかった。柳刃さんと火野さんを裏切ったのも、ひとつには――」

火野がにやにやしながら、

「サラちゃんが矢巳のパーティで逮捕されるのを防ぎたかったんだよな。ったく

捜査に私情をはさみやがって」

「あたしのせいで、ご迷惑をおかけしてすみません。でもタロッチの――乾さんの気持はうれしいです」

サラはそこで言葉を切ると、正悟に深く頭をさげて、

「ありがとう。さっきもあたしを守ってくれて――」

「そうそう。サラちゃんを守るために体を張った。おまえはまだまだ青いけど、おれたちとおなじ仁侠の男よ」

サラと目があって照れくささにうつむいた。

「それじゃあ、おれたちはもういくぞ」

柳刃と火野は歩きだした。

ふたりのあとを追って玄関をでるとき、事務所を振りかえった。この事務所と隣の隠し部屋はあした撤収するという。孤独で退屈な監視任務を続けつつ、柳刃の料理に舌鼓を打った日々が思いだされる。

エレベーターで一階におりてビルの外にでると、空はよく晴れていた。コロナ禍が尾をひいているせいで、六本木のネオンは以前ほどの輝きはない。が、いつか必ず輝きをとりもどすだろう。

ビルの前には、正悟が拉致されたときに乗せられたアルファードが停まっている。あの夜から二十日も経っていないのに、ずいぶん昔のように思える。

ふと火野が白い封筒を差しだして、これは経費だ、といった。

「すこし色をつけといた。サラちゃんと飯でも食って帰れ」

封筒を受けとると厚みがある。広尾のイタリアンで遣った金のことなどすっかり忘れていたが、ちゃんとおぼえていてくれたのだ。

柳刃と火野はアルファードにむかっていく。正悟とサラはふたりに駆け寄った。

火野は微笑んで、ふたりとも元気でやれよ、といった。

「マトリは、おれたちのライバルだ。おたがい、がんばろうぜ」

サラが目頭を指で押さえてうなずいた。

正悟はこみあげる涙をこらえて、柳刃さん、火野さん、といった。

「また——また会えますよね」

「乾正悟」

柳刃に氏名を呼ばれて、ぴんと背筋が伸びた。

「おれたちはおなじ警視庁だ。おまえがこれからも刑事《デカ》を続けるなら、いつか会える日がくるだろう」

「はいッ」

大声で答えたとたん、堰《せき》を切ったように涙があふれだした。

柳刃はアルファードの助手席に、火野は運転席に乗りこんだ。

正悟とサラは姿勢を正して敬礼した。フロントガラスのむこうで柳刃がうなずきかえし、火野が笑顔で手を振った。

アルファードは六本木の通りを走りだした。別れを告げるようにクラクションが鳴り、涙でにじんだ視界のなかをテールライトが遠ざかった。

エピローグ——新米刑事《デカ》は任侠の道をゆく

炊田と検事室をでて、エレベーターで地下一階におりた。

千代田区霞が関の東京地方検察庁——東京地検の地下一階にはコンビニや売店、蕎麦屋やレストランや食堂がある。食堂の入口で食券を買った。炊田はカツ丼の大盛り、正悟はラーメンとチャーハンのセットだ。

午後三時とあって店内は空《す》いている。

きょうは当直明けだが、さっきまで炊田とふたりで検事と話しあっていた。十日前に恐喝容疑で逮捕した暴力団組員の調書について検事と意見が食いちがい、だいぶ時間がかかった。

「あいつらは日がな一日書類ばかり見て、捜査の現場を知らん。それなのに、おれたちが必死で挙げた被疑者《マルヒ》を不起訴にされたら、頭の血管ぶち切れるわ」

検事室をでたあと炊田はそう愚痴《ぐち》った。

料理を載せたトレイをテーブルに運んで食べはじめた。ラーメンを啜っていたら、炊田がむかいでゴリラ顔をしかめて、

「おまえは、また長シャリか。縁起悪いぞ」

「すみません。縁起担ぎはやめたんで」

「おれとふたりのときはいいけど、上の連中の前ではひかえろよ。年配になるほど気にするからな」

「わかってます。でも係長も麺類好きなんだから、食べればいいのに」

「いんや、おれはカツで勝つ、揚げものでホシを挙げるんじゃ」

炊田はむきになってカツ丼をかきこんでいる。

羊谷が逮捕されてから、炊田はすっかりやさしくなった。ほんとうは自分もとばっちりを食って左遷されるのを恐れたのかもしれない。いずれにせよ、最近は炊田とうまくいっている。

もう十月下旬で異動の時期はすぎたが、正悟は組対に残った。職務も書類仕事や雑用ではなく、捜査に復帰できた。

柳刃と火野の下で潜入捜査をしたのは、本庁から指示があったのか公になっておらず、組対課でも知っている者はいない。ただ毒島たちや羊谷の逮捕に関わったと署内で噂されているようで、周囲の見る目が変わったのはたしかだ。これからは当直の疫病神と陰口を叩かれることもないだろう。

毒島、蟹江、揚原の三名は覚醒剤取締法違反、公務執行妨害、逮捕監禁、脅迫、品川の貸倉庫で意図的に火災を起こしたことによる非現住建造物等放火罪などの容疑で起訴された。

羊谷は地方公務員法違反、すなわち守秘義務違反、殺人未遂、脅迫、収賄など、やはり複数の容疑で起訴されたが、毒島たちと同様に余罪があり、裁判がはじまるのはだいぶ先になるだろう。

ヤミープロダクション社長の矢巳は、関東信越厚生局麻薬取締部の家宅捜索で自宅倉庫から二トンの覚醒剤が発見され、覚醒剤取締法違反で逮捕された。

その後、矢巳の供述によってヤミープロダクション所属の西氷潤をはじめ芸能人やスポーツ選手が芋づる式に覚醒剤取締法違反で逮捕され、いまだにマスコミをにぎわせている。

広尾のレストランで毒島たちと同席したチャンは、不法滞在しているチャイニーズマフィアのボスだと判明し、最近になって逮捕された。

過去最大量の覚醒剤の摘発に加えて矢巳や西氷たちを逮捕したことで、マトリはマスコミに大きく取りあげられた。麻薬取締官は全国に三百名と少人数だが、法学部か薬学部卒がおもで、半数は薬剤師の資格を持つ。密輸を取り締まるため語学力も必要とされるから、サラが英語と中国語に堪能なのもうなずける。

マトリが脚光を浴びる一方で、柳刃と火野はその存在すらマスコミに触れられることはなかった。

炊田と競うようにしてラーメンとチャーハンを食べ終えた。

いつも時間に追われているせいで、食事は以前と大差ない。そのうち時間があったら、柳刃に教わった料理を作ってみたい。

食堂をでて一階にあがり、東京地検をあとにした。

秋らしく高い空に鰯雲《いわしぐも》が浮いている。ゆうべの当直は忙しくて仮眠がとれなかっただけに、炊田は大きなあくびをして、ああ、しんどい、とつぶやいた。

「おれはもう帰って寝るけど、おまえはどうする」

「ちょっと寄り道して帰ります」

「最近元気いいな。彼女でもできたんじゃないだろうな」

「ご心配なく。そのときは、ちゃんと報告します」

炊田と別れてから、すぐそばにある東京地方裁判所へむかった。腕時計を見ると、もうすぐ待合せの時刻だ。東京地裁の正門の前でスマホを見ていると、

「タロッチ、お待たせ」

紺のスーツ姿のサラが駆け寄ってきた。

黒い髪と薄化粧の顔はまだ見慣れないせいで、まぶしく映る。サラは偽名だし、おたがい本名を知っているが、いまも以前の呼びかたをする。職業柄、ふたりとも本名は伏せたほうが安全だ。

「裁判所は、なんの用事だったの」

「初公判の傍聴。あたしが前に逮捕した被告人だから気になって」

「あいかわらず仕事熱心だね」

「まあね。で、いまからどこいく？」

「近くでお茶しようか。時間は大丈夫なの」

「うん。また仕事にもどるけど、一時間くらいなら」

「あのさ」

「なに？」

「これって交際じゃないよね」

「どういうこと？」

「いや、交際なら上司に報告しなきゃいけないから」

「まだ交際じゃないと思うよ。だってプライベートで会うのって、これで二回目じゃん」

「やっぱそうか。じゃ報告しないでいいや」

ふたりは声をあげて笑った。

ふと大きな革製のバッグをさげたスーツ姿の男が裁判所からでてきた。二十代後半に見える男の前に、小柄な女が飛びだしてきた。

「蓮太郎《れんたろう》くん、待っとったばい」

女は九州訛りで叫んで、男に抱きついた。女も二十代後半くらいで、ポロシャツにチノパンだ。男は照れくさそうな表情で、

「杏奈《あんな》ちゃん、もう仕事終わったの」

「うん。あとは車かえしにいくだけやけん、はよいこうや」

ふたりは大通りに停めてあった白いワゴン車に乗りこんだ。車体には介護施設の名称が書いてある。サラが首をかしげて、

「いまの男のひと、弁護士かな」

「わかんないけど、あのでかいバッグは法曹関係じゃないの」

「女の子は介護施設のひとよね。なかよさそう」

「うらやましいの」

と訊いたとき、強面《こわもて》で体格のいい男が大股で近づいてきた。スキンヘッドに黒いスーツで大きな紙袋をさげている。

どう見ても堅気ではない雰囲気に身構えていると、男は紙袋を差しだして、

「あんたらに、これを渡すよう頼まれたんだ」

「誰に頼まれた？」

正悟は眉をひそめて訊いた。

「誰かはいえねえが、とにかく受けとってくれ。でなきゃ、おれがやばいんだ」

不審に思いつつ紙袋を受けとった。

男は背中をむけて歩いていく。紙袋には長方形の箱がふたつ入っていた。

サラが箱を持って恐る恐る蓋を開けたら、トゲだらけでヒールの高いパンプスがあった。とたんにサラは目を丸くして、

「ルブタンじゃん。しかも、あたしのサイズ」

正悟がもうひとつの箱を開けると、白いスニーカーが入っていた。そのロゴで誰が渡せといったのかわかった。サラがスニーカーを見て、

「アディダス。犯人はあのひとたちね」

「うん、まちがいない」

「でも、あたしのほうが、だいぶ値段高い」

「そんなトゲトゲが？」

「ルブタン知らないの？　これは十万以上するよ」

「おれのは五千円くらいかな。この格差はどういうことだろう」

スニーカーのサイズはぴったりだったが、なぜ靴をくれたのか。

「捜査で足を使えってことじゃない？」

サラがそういったら、さっきの男がまたもどってきて、

「大事なことというのを忘れてた。その靴には超小型の隠しカメラやボイスレコーダーが仕込んであるそうだ」

「どこに？　どうやって使えばいい？」

「さあ――それは自分たちで考えろってさ」

男は肩をすくめて足早に去っていった。

正悟とサラは顔を見あわせて苦笑した。要するに、とサラがいって、

「仕事をしろってことね」

「うん。そう思う」

刑事《デカ》である限り、これからもずっと激務は続く。

しかし、もう弱音は吐かない。自分を犠牲にしても、ときには体を張ってでも、ひとびとのために悪と戦う。それが任侠の男だからだ。

柳刃と火野は、いまもどこかで見守っている気がする。正悟は周囲にそびえ立つ官庁を見回すと、短く敬礼してサラとならんで歩きだした。

この作品は文春文庫のために書き下ろされたものです。

デザイン　征矢　武
イラスト　3rdeye
DTP制作　エヴリ・シンク

文春文庫

侠《おとこ》飯《めし》 7
激《げき》ウマ張《は》り込《こ》み篇《へん》

定価はカバーに
表示してあります

2021年8月10日　第1刷

著　者　福《ふく》澤《ざわ》徹《てつ》三《ぞう》
発行者　花田朋子
発行所　株式会社 文藝春秋

東京都千代田区紀尾井町 3-23　〒102-8008
TEL　03・3265・1211(代)
文藝春秋ホームページ　http://www.bunshun.co.jp

落丁、乱丁本は、お手数ですが小社製作部宛お送り下さい。送料小社負担でお取替致します。

印刷製本・大日本印刷

Printed in Japan
ISBN978-4-16-791737-1

（　）内は解説者。品切の節はご容赦下さい。

藤原伊織
名残り火　てのひらの闇II
堀江の無二の親友・柿島がオヤジ狩りに遭い殺された。納得がいかない堀江は調査に乗り出し、事件そのものに疑問を覚える。著者最後の長篇ミステリー。（逢坂　剛・吉野　仁）
ふ-16-6

藤原伊織
テロリストのパラソル
爆弾テロ事件の容疑者となったバーテンダーが、過去と対峙しながら事件の真相に迫る。乱歩賞&直木賞をダブル受賞した不朽の名作。逢坂剛・黒川博行両氏による追悼対談を特別収録。
ふ-16-7

藤沢　周
武曲《むこく》
ヒップホップ命の高校生・羽田融は剣道部に入部。コーチの矢田部研吾は融の姿に「殺人刀」の遣い手として懼れられた父・将造と同じ天性の剣士を見た。新感覚の剣豪小説。（中村文則）
ふ-19-3

古川日出男
ベルカ、吠えないのか?
日本軍が撤収した後、キスカ島にとり残された四頭の軍用犬。彼らを始祖として交配と混血を繰り返し繁殖した無数のイヌが、あらゆる境界を越え、〝戦争の世紀＝二十世紀〟を駆け抜ける。
ふ-25-2

福澤徹三
Iターン
広告代理店の冴えない営業・狛江が単身赴任したのはリストラ寸前の弱小支店。待っていたのは借金地獄にヤクザの抗争。もんどりうって辿りつく、男の姿とは!?（木内　昇）
ふ-35-1

福澤徹三
Iターン2
東京本社へ凱旋した狛江。しかし、妻子とはぎくしゃくし、会社では部下たちに翻弄される。しかも、仕事でトラブルに巻き込まれ、とうとう追い出し部屋へ！　そして、あの男と再会!?
ふ-35-12

福澤徹三
俠飯《おとこめし》
就職活動中の大学生が暮らす1Kのマンションに転がり込んできたヤクザは、妙に「食」にウルサイ男だった！　まったく異質なふたつが交差して生まれた、新感覚の任俠グルメ小説。
ふ-35-2

（　）内は解説者。品切の節はご容赦下さい。

福澤徹三
侠飯2
ホット&スパイシー篇

リストラ間際の順平は、ある日ランチワゴンで実に旨い昼飯に出会う。店主は頰に傷を持つ、どう見てもカタギではない男。任侠×グルメという新ジャンルを切り拓いたシリーズ第二弾！

ふ-35-3

福澤徹三
侠飯3
怒濤の賄い篇

上層部の指令でやくざの組長宅に潜入したヤミ金業者の卓磨。そこに現れた頰に傷もつ男。客人なのに厨房に立ち、次々絶品料理をつくっていく——。シリーズ第三弾、おまちどおさま！

ふ-35-4

福澤徹三
侠飯4
魅惑の立ち呑み篇

代議士秘書の青年が足繁く通う立ち呑み屋。目当ては店を一人で切り盛りする女の子。しかしある日、怪しげな二人組が現れ……。好評シリーズ第四弾の舞台は陰謀渦巻く政界だ！

ふ-35-5

福澤徹三
侠飯5
嵐のペンション篇

さえないオーナーとフリーターで切り盛りする奥多摩のペンション。頰に傷、手には包丁を持つ熱い男、柳刃がやってくる！五億円強奪事件の時効が迫る中、台風が近づいて……。

ふ-35-6

福澤徹三
おれたちに偏差値はない
堂南高校ゲッキョク部

十五歳の草食系・悠太は、アクシデントに見舞われて一九七九年にタイムスリップ。そしてヤンキーの巣窟・堂南高校に通うハメに……。超おバカで愛すべき、極上青春ファンタジー！

ふ-35-11

藤井太洋
ビッグデータ・コネクト

官民複合施設のシステムを開発するエンジニアが誘拐された。サイバー捜査官とはぐれ者ハッカーのコンビが個人情報の闇に挑む。今そこにある個人情報の危機を描く21世紀の警察小説。

ふ-40-1

福田和代
バベル

ある日突然、悠希の恋人が高熱で意識不明となってしまう。感染爆発が始まった原因不明の新型ウイルスに、人間が立ち向かう術はあるのか？　近未来の日本を襲うバイオクライシスノベル。

ふ-45-1

（　）内は解説者。品切の節はご容赦下さい。

誉田哲也
武士道セブンティーン
スポーツと剣道、暴力と剣道の狭間で揺れる17歳、柔の早苗と剛の香織。横浜と福岡に分かれた二人は、別々に武士道とは何かを追い求めてゆく。「武士道」シリーズ第二巻。（藤田香織）
ほ-15-3

誉田哲也
武士道エイティーン
福岡と神奈川で、互いに武士道を極めた早苗と香織が、最後のインターハイで、激突。その後に立ち塞がる進路問題。二人の女子高生が下した決断とは。武士道シリーズ、第三巻。（有川　浩）
ほ-15-4

誉田哲也
武士道ジェネレーション
あれから六年。それぞれの道を歩き出した早苗と香織だったが、玄明先生が倒れ、道場が存続の危機に。大好評剣道青春小説シリーズ第四弾。番外編の短編と書店員座談会を特別収録。
ほ-15-8

誉田哲也
レイジ
才能は普通だがコミュニケーション能力の高いワタル、高みを目指すがゆえ、周囲と妥協できない礼二。二人の少年の苦悩と成長を描くほろ苦く切ない青春ロック小説。（瀬木ヤコー）
ほ-15-6

誉田哲也
増山超能力師事務所
超能力が事業認定された日本で、能力も見た目も凸凹な所員たちが、浮気調査や人探しなど悩み解決に奔走。異端の苦悩や葛藤を時にコミカルに時にビターに描く連作短編集。（城戸朱理）
ほ-15-7

本城雅人
トリダシ
「とりあえずニュース出せ」が口ぐせの、優秀だが敵も多い名物デスクの鳥飼。彼の部下たちはスクープ合戦に翻弄される。スポーツ紙の熱い現場を描いた著者新境地の快作。（内田　剛）
ほ-18-4

堀川アサコ
三人の大叔母と幽霊屋敷
不思議が当り前のこよみ村。村長の娘・奈央はBFの麒麟と今日も怪事件に首を突っ込む。予言暦盗難事件、三人の大叔母が村の古屋敷で暮らし始める話。予言村シリーズ第三弾！（東　えりか）
ほ-19-3

（　）内は解説者。品切の節はご容赦下さい。

万城目　学
プリンセス・トヨトミ
東京から来た会計検査院調査官三人と大阪下町育ちの少年少女が、四百年にわたる歴史の封印を解く時、大阪が全停止する!? 万城目ワールド真骨頂。大阪を巡るエッセイも巻末収録。
ま-24-2

真山　仁
コラプティオ
震災後の日本に現れたカリスマ総理・宮藤は、原発輸出を推し進めるが、徐々に独裁色を強める政権の闇を暴こうとするメディアとの暗闘が始まる。謀略渦巻く超本格政治ドラマ。（永江　朗）
ま-33-1

真山　仁
売国
日本が誇る宇宙開発技術をアメリカに売り渡す「売国奴」は誰だ!? 検察官・冨永真一と若き研究者・八反田遥。そして「戦後の闇」が二人に迫る。超弩級エンタメ。（関口苑生）
ま-33-2

真山　仁
標的
東京地検特捜部・冨永真一検事は、初の女性総理候補・越村みやび厚労相の、サービス付き高齢者向け住宅をめぐる疑獄を追う。「権力と正義」シリーズ第3弾！（鎌田　靖）
ま-33-3

円居　挽
キングレオの冒険
京都の街で相次ぐ殺人事件。なぜか全てホームズ譚を模していた。「日本探偵公社」の若きスター・天親獅子丸が解明に乗り出すと、謎の天才犯罪者の存在が浮かび……。（円堂都司昭）
ま-41-1

円居　挽
キングレオの回想
獅子丸は、天才的頭脳の少年・論語から、ある女性の正体を知りたいと依頼を受ける。一方、助手の大河には、さる高貴な男性の醜聞が持ち込まれ……。巻末に描き下ろし漫画を収録。
ま-41-2

水野敬也
雨の日も、晴れ男
二人の幼い神のいたずらで不幸な出来事が次々起こるアレックスだが、どんな不幸に見舞われても前向きに生きていく……人生で一番大切な事は何かを教えてくれる感動の自己啓発小説。
み-35-1

（　）内は解説者。品切の節はご容赦下さい。

三浦しをん
まほろ駅前多田便利軒
東京郊外〝まほろ市〟で便利屋を営む多田のもとに、高校時代の同級生・行天が転がりこんだ。通常の依頼のはずが彼らにかかると、ややこしい事態が出来《しゅったい》して。直木賞受賞作。（鴻巣友季子）
み-36-1

三浦しをん
まほろ駅前番外地
東京郊外のまほろ市で便利屋を営む多田と行天。汚部屋清掃、遺品整理に子守も多田便利軒が承ります。まほろの愉快な奴らが帰ってきた！　七編のスピンアウトストーリー。（池田真紀子）
み-36-2

三浦しをん
まほろ駅前狂騒曲
多田と行天に新たな依頼が。それは夏の間、四歳の女児「はる」を預かること。男手二つで悪戦苦闘していると、まほろ駅前では前代未聞の大騒動が。感動の大団円！（岸本佐知子）
み-36-4

三浦しをん・あさのあつこ・近藤史恵
シティ・マラソンズ
社長の娘の監視のためにマラソンに参加することになった広和は、かつて長距離選手だったが（「純白のライン」）。NY、東京、パリ。アスリートのその後を描く三つの都市を走る物語。

み-36-3

中村うさぎ・三浦しをん
女子漂流
女の業を体現し続ける作家・中村うさぎと、女戦線からの離脱を切に願う作家・三浦しをんの対談集。女子校時代の思い出から、女子のエロまで、互いの漂流人生を赤裸々に語り合う。

み-36-5

道尾秀介
月と蟹
二人の少年と母のない少女、寄る辺ない大人達。誰もが秘密を抱えるなか、子供達の始めた願い事遊びはやがて切実な儀式に変わり——哀しい祈りが胸に迫る直木賞受賞作。（伊集院　静）
み-38-2

道尾秀介
スタフ　staph
ワゴンの移動デリを経営するアラサーでバツイチの夏都。あることをきっかけに、中学生アイドル・カグヤとその親衛隊に出会い、芸能界の闇を巡る事件に巻き込まれていく。（間室道子）
み-38-4

（　）内は解説者。品切の節はご容赦下さい。

宮下奈都
田舎の紳士服店のモデルの妻
ゆるやかに変わってゆく。私も家族も――田舎行きに戸惑い、夫とすれ違い、子育てに迷い、恋に胸を騒がせる。じんわりと胸にしみてゆく、愛おしい「普通の私」の物語。（辻村深月）
み-43-1

宮下奈都
羊と鋼の森
ピアノの調律に魅せられた一人の青年が、調律師として、人として成長する姿を温かく静謐な筆致で綴った長編小説。伝説の三冠を達成した本屋大賞受賞作、待望の文庫化。（佐藤多佳子）
み-43-2

宮下奈都
静かな雨
行助はたいやき屋を営むこよみと出会い、親しくなる。こよみは事故に巻き込まれ、新しい記憶を留めておけなくなり――。文學界新人賞佳作のデビュー作に「日をつなぐ」併録。（辻原　登）
み-43-3

水生大海
ひよっこ社労士のヒナコ
ひよっこ社労士の雛子（26歳、恋人なし）が、クライアントの会社で起きる六つの事件に挑む。労務問題とミステリを融合させた新感覚お仕事小説、人気シリーズ第一弾。（吉田伸子）
み-51-2

未須本有生
リヴィジョンA
航空機メーカーで働く沢本由佳は社の主力機TF-1の改修開発を提案する。実際に動き出すと、ライバル企業の妨害や社内の不正など、次々とトラブルが起きるが……。（吉野　仁）
み-53-2

新井素子・宮内悠介　ほか・人工知能学会　編
人工知能の見る夢は
AIショートショート集
日本を代表するSF作家たちのショートショートをテーマ別に編集し、各テーマについて第一線の研究者たちがわかりやすい解説を執筆。人工知能の現在と未来がわかる一冊。
み-55-51

村山由佳
星々の舟
禁断の恋に悩む兄妹、他人の恋人ばかり好きになる末っ子、居場所を探す団塊世代の長兄、そして父は戦争の傷痕を抱えて――愛とは、家族とはなにか。心震える感動の直木賞受賞作。
む-13-1

（　）内は解説者。品切の節はご容赦下さい。

女ともだち
村山由佳・坂井希久子・千早　茜・大崎　梢
額賀　澪・阿川佐和子・嶋津　輝・森　絵都

人気女性作家8人が「女ともだち」をテーマに豪華競作！「彼女」は敵か味方か？　微妙であやうい女性同士の関係を小説の名手たちが描き出す、コワくて切なくて愛しい短編小説集。

む-13-51

コンビニ人間
村田沙耶香

コンビニバイト歴十八年の古倉恵子。夢の中でもレジを打ち、誰よりも大きくお客様に声をかける。ある日、婚活目的の男性がやってきて――話題沸騰の芥川賞受賞作。（中村文則）

む-16-1

カラフル
森　絵都

生前の罪により僕の魂は輪廻サイクルから外されたが、天使業界の抽選に当たり再挑戦のチャンスを得る。それは自殺を図った少年の体へのホームステイから始まって……。（阿川佐和子）

も-20-1

風に舞いあがるビニールシート
森　絵都

自分だけの価値観を守り、お金よりも大切な何かのために懸命に生きる人々を描いた、著者ならではの短編小説集。あたたかくて力強い6篇を収める。第一三五回直木賞受賞作。（藤田香織）

も-20-3

架空の球を追う
森　絵都

生きている限り面倒事はつきまとう。でも、それも案外わるくないと思える瞬間がある。日常のさりげない光景から人生の可笑しさを切り取った、とっておきの十一篇。（白石公子）

も-20-4

異国のおじさんを伴う
森　絵都

仕事に迷う。人生に迷う。旅先で出会う異質な時間に心がゆれる……。いまを生きる人たちの健気な姿を、短篇の名手が愛惜をこめて描きました。いとおしい十の物語！（瀧井朝世）

も-20-7

少し変わった子あります
森　博嗣

都会の片隅のそのお店は、訪れるたびに場所がかわり、違った女性が相伴してくれるいっぷう変わったレストラン。そこで出会った一人の女性に私は惹かれていくのだが。（中江有里）

も-22-2

（　）内は解説者。品切の節はご容赦下さい。

望月麻衣
京洛の森のアリス
少女ありすが舞妓の修業のために訪れたのは知られざる「もう一つの京都」!?　しゃべるカエルの〝ハチス〟と、うさぎの〝ナツメ〟とともに、町に隠された謎に迫るファンタジックミステリー。
も-29-1

望月麻衣
京洛の森のアリスⅡ
自分探しの羅針盤
もう一つの京都の世界で、暮らし始めた少女ありす。だが、ある日突然、両想いの王子、蓮が老人の姿に！　同じく、この世界に迷い込み老いてしまった二人の女。ありすは皆を救えるか。
も-29-2

望月麻衣
京洛の森のアリスⅢ
鏡の中に見えるもの
もう一つの京都、京洛の森で暮らす少女ありす。ナツメのカフェ経営の願いを叶えるために、ありすたちは共同生活を終え、蓮との関係にも大きな変化が起こる。書き下ろし小説第三弾。
も-29-3

山本文緒
プラナリア
乳がんの手術以来、何もかも面倒くさい二十五歳の春香。矛盾する自分に疲れ果てるが出口は見えない──。現代の〝無職〟をめぐる心模様を描いたベストセラー短篇集。直木賞受賞作。
や-35-1

柳　広司
ロマンス
退廃と享楽に彩られた昭和の華族社会で、秘かに葬られた恋と事件──。ロシア人の血を引く白皙の子爵・麻倉清彬の悲恋譚と、極上の謎解きゲームを融合させた傑作。（宇田川拓也）
や-54-1

柳　広司
象は忘れない
原発事故で失われた命。電力会社と政府の欺瞞。福島から避難した母子が受けた差別……。あの震災、そして福島第一原発を題材に紡がれた傑作連作短編集。（千街晶之）
や-54-5

椰月美智子
伶也と
七十一歳で伶也とともに餓死するまで、彼のためにすべてをなげうった直子の半生。残ったものは一体なんだったのか。恋愛を超えた究極の感情を描く、号泣必至の問題作！（豊崎由美）
や-67-1

（　）内は解説者。品切の節はご容赦下さい。

おたふく
山本周五郎名品館Ⅰ
山本周五郎・沢木耕太郎 編

生涯膨大な数の短編を遺した山本周五郎。時代を越え読み継がれる作品群から選ばれた名品——「あだこ」「晩秋」「菊千代抄」「ちゃん」「松の花」「おさん」等全九編。（沢木耕太郎）

や-69-1

K体掌説
九《いちじく》　星鳴《せいめい》

Kは小噺のK、簡潔のK、奇態のK。つまりKなる体の掌編。これすなわち〝K体掌説〟と呼ぶ。刊行当時覆面作家登場と話題を呼んだ、夢枕獏の別の筆名による短編集。（嵐山光三郎）

ゆ-2-34

テティスの逆鱗
唯川　恵

女優、主婦、キャバクラ嬢、資産家令嬢。美容整形に通う四人の終わりなき欲望はついに、禁断の領域にまで——女たちが行き着く極限の世界を描いて戦慄させる、異色の傑作長編。（齋藤　薫）

ゆ-8-4

終点のあの子
柚木麻子

女子高に内部進学した希代子は高校から入学した風変わりな朱里が気になって仕方ない。お昼を食べる仲になった矢先、二人に変化が……。繊細な描写が絶賛されたデビュー作。（瀧井朝世）

ゆ-9-1

あまからカルテット
柚木麻子

女子校時代からの仲良し四人組。迫り来る恋や仕事の荒波を、稲荷寿司やおせちなど料理をヒントに解決できるのか——彼女たちの勇気と友情があなたに元気を贈ります！（酒井順子）

ゆ-9-2

ナイルパーチの女子会
柚木麻子

商社で働く栄利子は、人気主婦ブロガーの翔子と出会い意気投合。だが同僚や両親との間に問題を抱える二人の関係は徐々に変化して——。山本周五郎賞受賞作。（重松　清）

ゆ-9-3

奥様はクレイジーフルーツ
柚木麻子

三十歳の主婦、初美は夫と仲は良いが夜の営みが間遠に。欲求不満で同級生の男と浮気をしかけたり、乳房を触診する女医にも発情。幸せとセックスレスの両立は難しい？（小橋めぐみ）

ゆ-9-4

（　）内は解説者。品切の節はご容赦下さい。

柚月裕子
あしたの君へ
家裁調査官補として九州に配属された望月大地。彼は、罪を犯した少年少女、親権争い等の事案に懊悩しながら成長していく。一人前になろうと葛藤する青年を描く感動作。（益田浄子）
ゆ-13-1

吉村　昭
闇を裂く道
大正七年に着工、予想外の障害に阻まれて完成まで十六年を要し、世紀の難工事といわれた丹那トンネル。人間と土・水との熱く長い闘いをみごとに描いた力作長篇。（高山文彦）
よ-1-53

吉田篤弘
空ばかり見ていた
小さな町で床屋を営むホクトは、ある日、鋏ひとつを鞄におさめ、好きな場所で好きな人の髪を切るために、自由気ままなあてのない旅に出た……。流浪の床屋をめぐる十二のものがたり。
よ-28-1

渡辺一史　原案
こんな夜更けにバナナかよ 愛しき実話
筋ジストロフィーで寝返りも打てない、だけど、自由に暮らしたい！　わがまま患者とボランティアの壮絶ながら命の輝きに満ちた日々。実話から生まれた映画のノベライズ。
わ-18-2

ジョン・ヴァードン（浜野アキオ　訳）
数字を一つ思い浮かべろ
頭に思い浮かべた数字を当ててしまう手紙。一面の雪景色の中で消える殺人者の足跡……まるで奇術のような謎また謎に挑む退職刑事ガーニー。謎解きと警察小説を融合させた野心作。
ウ-23-1

陳　浩基（玉田　誠　訳）
世界を売った男
目が覚めると六年後！　殺人事件を追っていた刑事の体にいったい何が？　香港の雑踏を疾走する男が辿り着く驚愕の真相。アジアの本格推理の鬼才、衝撃の長編デビュー作。（恩田　陸）
チ-12-1

（　）内は解説者。品切の節はご容赦下さい。

青柳碧人
西川麻子は地球儀を回す。
突如密室に出現したアリの大群。女性マンガ家が企んだ完全犯罪。恋人の刑事を悩ます事件を「地理ガール」西川麻子が地理の知識で解決。ミステリー史上初の「地理ミス」第2弾！
あ-67-3

青柳碧人
国語、数学、理科、誘拐
進学塾で起きた小6少女の誘拐事件。身代金5000円、すべて1円玉で?!　5人の講師と生徒たちが事件に挑む。「読むと勉強が好きになる」心優しい塾ミステリ！　（太田あや）
あ-67-2

青柳碧人
国語、数学、理科、漂流
中学三年生の夏合宿で島にやってきたJSS進学塾の面々。勉強漬けの三泊四日のはずが、不穏な雰囲気が流れ始め、ついには行方不明者が！　大好評塾ミステリー第二弾。
あ-67-4

天祢　涼
希望が死んだ夜に
14歳の少女が同級生殺害容疑で緊急逮捕された。少女は犯行を認めたが動機を全く語らない。彼女は何を隠しているのか？　捜査を進めると意外な真実が明らかになり……。　（細谷正充）
あ-78-1

秋吉理香子
サイレンス
深雪は婚約者の俊亜貴と故郷の島を訪れるが、彼には秘密があった。結婚をして普通の幸せを手に入れたい深雪の運命が狂い始める。一気読み必至のサスペンス小説。　（澤村伊智）
あ-80-1

池井戸　潤
株価暴落
連続爆破事件に襲われた巨大スーパーの緊急追加支援要請を巡って白水銀行審査部の板東は企画部の二戸と対立する。日本経済の闇と向き合うバンカー達を描く傑作金融ミステリー。
い-64-1

乾《いぬい》　くるみ
イニシエーション・ラブ
甘美で、ときにほろ苦い青春のひとときを瑞々しい筆致で描いた青春小説――と思いきや、最後の二行で全く違った物語に！　「必ず二回読みたくなる」と絶賛の傑作ミステリ。　（大矢博子）
い-66-1

（　）内は解説者。品切の節はご容赦下さい。

セカンド・ラブ
乾 くるみ
一九八三年元旦、春香と出会った。僕たちは幸せだった。春香とそっくりな美奈子が現れるまでは。『イニシエーション・ラブ』の衝撃、ふたたび。究極の恋愛ミステリ第二弾。（円堂都司昭）
い-66-5

リピート
乾 くるみ
今の記憶を持ったまま昔の自分に戻る「リピート」。人生のやり直しに臨んだ十人の男女が次々に不審な死を遂げて……。『イニシエーション・ラブ』の著者が放つ傑作ミステリ。（大森 望）
い-66-2

Jの神話
乾 くるみ
全寮制の名門女子高で生徒が塔から墜死し、生徒会長が「胎児なき流産」で失血死をとげる。背後に暗躍する「ジャック」とは何者なのか？　衝撃のデビュー作。（円堂都司昭）
い-66-3

殺し屋、やってます。
石持浅海
《650万円でその殺しを承ります》――コンサルティング会社を経営する富澤允。しかし彼には、殺し屋という裏の顔があった…。殺し屋が日常の謎を推理する異色の短編集。（細谷正充）
い-89-2

横浜1963
伊東 潤
戦後の復興をかけた五輪開催を翌年に控え、変貌していく横浜で起きた女性連続殺人事件。日米ハーフの刑事と日系三世の米軍SPが事件の真相に迫る社会派ミステリ。（誉田龍一）
い-100-3

平城山《ならやま》を越えた女
内田康夫
奈良坂に消えた女、ホトケ谷の変死体、50年前に盗まれた香薬師仏。奈良街道を舞台に起きた三つの事件が繋がるとき、浅見光彦は、ある夜の悲劇の真相を知る。（山前 譲）
う-14-17

風の盆幻想
内田康夫
おわら風の盆本番前に、老舗旅館の若旦那が死体で発見された。周りは自殺とみる中、浅見光彦と軽井沢のセンセがタッグを組む！　幽玄な祭に隠された悲恋を描く傑作ミステリー。
う-14-21